集英社オレンジ文庫

ホテルクラシカル猫番館

横浜山手のパン職人《ブーランジェール》6

小湊悠貴

本書は書き下ろしです。

Contents

イラスト／momo

ホテル猫番館

横浜山手にあるクラシカルホテル。

本館は薔薇の咲き誇るイングリッシュガーデンに囲まれた西洋館。

マダムという名前の白いメインクーンが看板猫。

ホテルのコンセプトは『日常からの解放』。

高瀬《たかせ》紗良《さら》

猫番館専属のパン職人。

地元の名士であり、何人もの政治家を輩出してきた高瀬家のお嬢様だが、家族の反対を押し切って製菓専門学校に進学し、パン職人になった。

本城《ほんじょう》 要《かなめ》

猫番館のコンシェルジュ。

幼いころ、実の両親が亡くなり、本城夫妻に引き取られた。

カメラが趣味。

本城《ほんじょう》綾乃《あやの》

猫番館のオーナー。

猫番館はもともと綾乃の夫・本城宗一郎が古い洋館を買い取ってはじめたホテル。従業員たちのよき理解者。

高瀬《たかせ》 誠《まこと》

猫番館のパティシエ。紗良の叔父。

要の父、本城宗一郎とは旧知の仲。

市川《いちかわ》小夏《こなつ》

猫番館のベルスタッフ。

紗良と同じく、猫番館の敷地内にある従業員用の寮に住んでいる。

天宮《あまみや》隼介《しゅんすけ》

猫番館の料理長。フレンチシェフ。

強面で立っているだけで威圧感があるが、腕は確か。

離婚した前妻とのあいだに、娘がいる。

Apricot Danish

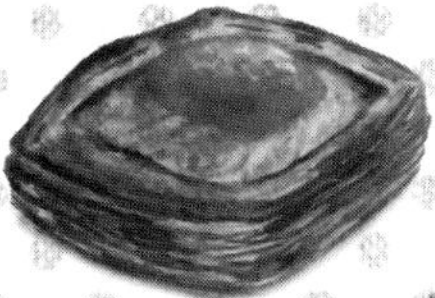

Bierstangen

ホテル
クラシカル
猫番館

横浜山手のパン職人《ブーランジェール》6

Summer Pudding

Bacon Epi

Check In
ことのはじまり

なにもかもうまくいかなくて、落ちこんでいたときに出会ったベーカリー。

久しぶりに買いに行ったら、そのお店は影も形もなくなっていた――


「うそ……」

小野寺絵里《おのでらえり》はぼうぜんとしながら、その建物を見上げた。

葛飾区《かつしか》の一角に建つそれは、記憶にあるものとはまったく違う。レトロな趣《おもむき》があった小さなビルは、いまどきのお洒落《しゃれ》なテナントビルに建て替えられていた。

かなり古かったし、老朽化《ろうきゅう》でとり壊されてしまったのだろうか。あれから二年もたっているのだから、おかしなことではなかった。しかしあのお店はずっと変わらず、ここにあるものだと思っていたから、ショックが大きい。

（いや、待って。ビルは建て替えたけど、中のお店はそのままかも）

かすかな希望を胸に、おそるおそる近づく。

一階はパン屋ではなく、洋菓子のお店が入っていた。二階から上はオフィス関係のようだ。求めていた「和久井《わくい》ベーカリー」の看板は、どこにも見当たらない。

あえなく希望を打ち砕かれて、絵里はがっくりと肩を落とした。昔ながらの素朴《そぼく》なパン屋だったけれど、流行《はや》らず閉店してしまったのだろうか。

それともここではなく、どこかに移転したとか？

後者であってほしいと願いながら、絵里は洋菓子店のドアを開けた。

六月に入ってからは、蒸し暑い日が続いている。雨は降っていないけれど、気温も湿度も高いので、クーラーのひんやりとした空気が心地よい。

「いらっしゃいませ」

ショーケースの向こう側で、女性の店員が微笑《ほほえ》んだ。絵里はかぶっていたキャスケットのつばを少しだけ上げて、会釈《えしゃく》をする。

訊《き》きたいことがあるのだが、何も買わないというのも悪い気がする。店内を見回した絵里は、焼き菓子のコーナーに足を向けた。今日は午後から仕事があるので、傷《いた》みやすい生菓子は買えない。クッキーやフィナンシェなら、夜になっても持って帰れる。

(あ、これ、翼《つばさ》くんが好きそう)

絵里の興味を引いたのは、「今月の新作」というカードが添えられたパウンドケーキ。アプリコットとオレンジピールがたっぷり使われていて、いまの季節にぴったりだ。ひと切れずつ包装されているが、さわやかで甘酸《あまず》っぱい香りが想像できる。

アプリコット——杏《あんず》は、一年前に結婚した夫の好物だ。このところ、お互いに仕事が忙しく、すれ違いの生活が続いている。今夜は久しぶりにふたりで夕食をとれるから、楽しみにしているのだ。これは食後のデザートにちょうどいい。

(翼くんもよろこんでくれるよね)

夕食は、料理上手な夫がつくってくれる。自分は料理が不得意なので、夫のように手のこんだ食事はつくれない。結婚するまでひとり暮らしをしていたのだから、もう少し料理を覚えておけばよかったとは思うが、苦手なものは苦手なのだ。

プレゼントの意味もこめて、絵里はバラ売りではなく、箱入りのパウンドケーキに手を伸ばした。レジに向かうと、支払いをしながらたずねてみる。

「こちらのお店、いつからやってるんですか?」

「今年の四月からですよ。まだオープンして二カ月ちょっとで」

きれいなビルだとは思ったが、本当に建てられたばかりのようだ。

「このビルが建つ前、ここに和久井ベーカリーっていうパン屋さんがあったんです。閉店したのか移転したのかわからなくて……。何か知りませんか？」

「和久井ベーカリー……」

小首をかしげた店員が、ややあって眉を下げる。

「申しわけありません。前のお店については存じ上げなくて」

「いえ、ありがとうございます」

内心の落胆《らくたん》を押し隠して、絵里はにっこり笑った。お釣りを財布にしまっていると、背後から女性客のひそひそ話が聞こえてくる。

「ねえ。レジのところにいる人、もしかして水無瀬《みなせ》エリじゃない？」

その名が耳に入ったとたん、どきりと鼓動がはね上がる。

「え、女優の？　まさかぁ」

「けっこう似てると思うんだけどなー」

(うわ、まずい)

パウンドケーキが入った袋を受けとると、絵里はできるだけ平静を装いながら、出口に向かった。ここでうろたえたら、そうだと言っているようなもの。やはり帽子だけではなく、眼鏡やマスクで顔を隠しておくべきだったか。

水無瀬エリ。

それは自分が持つ、もうひとつの名前。十八歳で芸能活動をはじめたときから使っている芸名だ。水無瀬は結婚前の本名で、プライベートでは夫の姓を名乗っている。

ファッションモデルから女優に転向したものの、しばらくは売れなくて、この近くにあるアパートでほそぼそと暮らしていた。役者の仕事だけでは稼げなかったため、バイトをかけもちすることでなんとか食いつないでいたのだ。

転機となったのは、三年前に初主演した深夜ドラマ。それが運よく当たってからは仕事が増え、安定した収入が得られるようになった。

大勢の人が、自分の顔と名前を知っている。知名度が上がったことは嬉《うれ》しいけれど、そのぶんプライベートには注意しなければ。記者が見張っているかもしれないし、出歩くときは気をつけるよう、マネージャーから言われているのだ。

(追ってこないし、大丈夫そうね)

洋菓子店を出た絵里は、ほっと安堵《あんど》の息をついた。スマホで時間を確認する。

待ち合わせには少しはやかったが、そろそろ事務所に行こうか。今日は午後から雑誌の取材と、ラジオ番組の収録が入っている。明日は早朝からドラマの撮影だ。こうして半休をとれたのも久しぶりだったのに、肝心のお店がなくなっていたとは。

別の区に引っ越してからは、仕事が忙しくて、こちらに足を運ぶ暇がなかった。和久井ベーカリーのパンを求めてここまで来たのに、残念でならない。

(食べたかったなぁ。黒糖くるみあんパン……)

もう手に入らないかと思うと、余計に恋しくなってしまう。

未練がましく考えながら、駅に向かって歩き出そうとしたときだった。ふいに視線を感じて、顔を上げる。

――あれは……?

少し離れたところに立っていたのは、ひとりの若い女性だった。

二十五歳くらいに見える彼女は、ネイビーのカットソーに、ミントグリーンのプリーツスカートを身につけていた。化粧気はあまりなかったが、澄んだ大きな目が印象的な、なかなかの美人だ。

耳の下でふたつにまとめたお団子ヘアは、年齢のわりには子どもっぽい。しかし、ふんわりと可愛《かわい》らしい雰囲気の彼女には、よく似合っていた。

記者かと思って身構えたが、彼女が見つめていたのは自分ではなかった。その視線は絵里を通り越して、背後のビルにそそがれている。唇を引き結び、ぎゅっとこぶしを握りしめる姿は、何かをこらえているかのようだ。

いったい何が、彼女にあのような表情をさせているのか。それも気になるけれど。

(どこかで会ったことがある?)

彼女を見た瞬間、既視感を覚えた。記者ではなく、同業者でもない。

記憶をたぐっているうちに、頭の中に思い浮かんだ光景は——

気づいたときには、足が動いていた。彼女のもとに駆け寄り、声をかける。

「あの、すみません!」

「!?」

「あなた、和久井ベーカリーで働いていた方ですよね?」

とつぜんのことにおどろいたのか、彼女は目を丸くして絵里を見た。

近くで向かい合ったことで、確信する。やはりそうだ。記憶にある彼女はいつも、白いコックコートを着ていた。服装が違うから、すぐには思い出せなかったけれど。

彼女はあのお店で、パン職人として働いていた。普段は奥の厨房《ちゅうぼう》で仕事をしていたようだが、たまに店舗のほうに出て、陳列やレジ業務を行っていた。自分とあまり歳《とし》が変わらない女性だったから、よく憶《おぼ》えている。

「私、二年前までこの近くに住んでいて。和久井ベーカリーにはよくパンを買いに行っていたんです」

当時はお金に余裕がなく、いまのように値段を気にせず、好きなパンをいくらでも買えるわけではなかった。和久井ベーカリーは庶民《しょみん》的で価格も安かったが、パン屋でパンを買うという行為そのものが、贅沢《ぜいたく》なことだったのだ。

それでも定期的に通い続けたのは、あのお店で丁寧につくられた、優しい味のパンが大好きだったから。週に一度の自分へのご褒美として、好物の菓子パンを買いに行くことを、ささやかな楽しみにしていた。

絵里の顔をじっと見つめていた彼女は、やがてふわりと微笑んだ。

「黒糖くるみあんパンと、季節のフルーツデニッシュ」

「え？」

「常連の方ですよね。いつも必ず、黒糖くるみあんパンとフルーツデニッシュをお買い求めになったお客さまではないですか？」

常連といっても、彼女と個人的に親しかったわけではない。会計のときに一言二言、会話をかわしていた程度だ。それでも彼女は、自分のことを憶えていてくれた。毎週必ず購入していたパンの種類まで、正確に。

絵里が女優の「水無瀬エリ」であることに、彼女は気づいていないようだった。芸能界に興味があるとは限らないから、名前も知らないのかもしれない。

「久しぶりにこっちに来たら、お店がなくなっていて……。どこかに移転したなら、場所を教えてもらえませんか？」

とたんに彼女の顔が曇《くも》った。その表情で、答えの予想がついてしまう。

「申しわけありません。実はその……和久井ベーカリーは去年、閉店しまして」

ああ、やはり。覚悟はしていたが、事実として知るのは悲しい。

「前のビルは、老朽化でとり壊すことが決まっていたんです。移転の予定はあったんですけど、お師匠さま……店主が病気になってしまって。職人として復帰することがむずかしかったので、やむを得ずお店を閉めることに」

「そうでしたか……。残念です」

脳裏に店主の顔が浮かんだ。年配ではあったけれど、二年前は元気に働いていたのに。

彼女がさきほど、つらそうな顔で新しいビルを見ていたわけがわかった。もうどこにもない師匠のお店を思い出し、せつなくなっていたのだろう。

「店主さんのご病気、いまはどうなんですか？」

「おかげさまで、だいぶ落ち着いたみたいです。脳梗塞《のうこうそく》だったので、少し麻痺《まひ》が残ったんですけど、リハビリである程度までは動かせるようになって。最近は奥さんに手伝ってもらいながら、パンもつくりはじめているんですよ」

彼女は嬉しそうに声をはずませた。絵里もつられて表情をゆるめる。

「──あ、申し遅れました。わたし、高瀬《たかせ》といいます」

バッグをさぐった彼女は、桜色の二つ折り財布をとり出した。そこから名刺を一枚抜き出し、絵里に手渡す。

白いカードに印刷されているのは、箔《はく》押しされた薔薇《ばら》の飾り枠。猫をあしらったロゴマークも、センスがあって可愛らしい。凝《こ》ったつくりのお洒落な名刺には、彼女のフルネームと肩書きが記されていた。

──ホテル猫番館《ねこばんかん》　専属パン職人　高瀬紗良《さら》──

「いまはそちらのホテルで働いているんです。和久井ベーカリーから受け継いだ黒糖くるみあんパンも、喫茶室で販売していますよ」

黒糖くるみあんパン！

顔を上げた絵里に、彼女──紗良はにっこり笑って続けた。

「横浜《よこはま》なのでそんなに遠くはないですし、機会があればぜひ一度、お越しください」

「ありがとうございます」

名刺を受けとった絵里は、紗良と別れて事務所に向かった。雑居ビルの中にある、小さな芸能プロダクションだ。モデルの仕事をはじめたときから所属しており、いまは稼ぎ頭となって恩返しをしている。

「おはようエリちゃん。ちょうどよかった」

中に入ると、マネージャーの香月《かづき》が近づいてきた。手にしていた手帳を開く。

「さっき、例の件で返答があったの。スケジュールの都合がつかなくて、今回は引き受けられないとのことよ」

「これで三人目かぁ……。やっぱり忙しくて、そんな暇ないのかな」

「都内で働いている、二十代の女性パン職人に限定しちゃうとねえ。条件に合う人を見つけるのは大変よ。年齢層を広げるか、男性の職人さんでもいいんじゃない?」

「うーん……。できれば若い女性にお願いしたいんだけどな」

宙を見つめていた絵里は、はっと息を飲んだ。

さきほど会った、和久井ベーカリーで働いていたあの女性。年齢は理想的だし、いまは横浜のホテルに勤務していると言っていた。横浜なら、都内とたいして変わらない。

もらった名刺をとり出した絵里は、薔薇と猫で飾られたそれをじっと見つめた。

ホテル猫番館。そこに、自分が求めるパン職人《ブーランジェール》がいる――

一泊目

束の間の新婚旅行《ハネムーン》

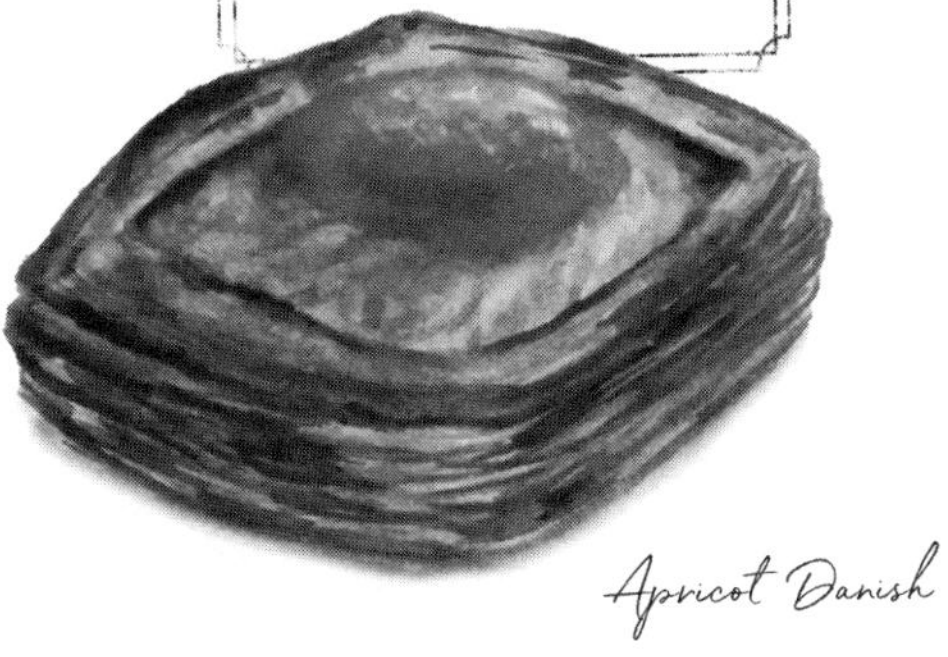

梅雨《つゆ》に入り、冷たい雨が降りしきる六月下旬。

紗良《さら》は専門学校時代の友人、片平愛美《かたひらまなみ》に誘われて、横浜《よこはま》市内のビストロでのんびり夕食をとっていた。

「たまには美味《おい》しいものを食べて、息抜きするのも必要よねー」

赤ワインが入ったグラスを片手に、愛美は上機嫌で言った。顔はほんのり赤くなっていて、ほろ酔い気分なのだろう。

紺《こん》色のパンツスーツに身を包んだ愛美は、業務用の冷凍食品を扱う会社で、営業として働いている。紗良は公休日だったので、友人の仕事が終わってから、日本大通《にほんおおどお》り駅で待ち合わせをした。

日本大通り駅の周辺は、山手《やまて》や元町《もとまち》、みなとみらい地区と並んで、「横浜」のイメージを担《にな》っているエリアだ。

神奈川県庁本庁舎に、横浜税関。そして横浜市開港記念会館。

キング、クイーン、ジャックの愛称で親しまれている横浜三塔は、すべてがこのエリアに集まっている。ほかにもレトロな西洋建築の美を堪能することができるので、観光にはもってこいの場所だ。紗良にとっては聖地のひとつである、近代のパン発祥地を記念した石碑《せきひ》も、ここに建てられていた。

紗良と愛美がおとずれたお店は、大通りから少しはずれた横道にある、カジュアルなビストロだ。本格的なレストランではないから気軽に行けるし、お値段もリーズナブル。家庭的な料理をくつろぎながら楽しめる。

「素敵なお店だよね。お料理は美味しいし、何よりパンが絶品……！」

紗良はうっとりした表情で、これまでに食した料理の数々を思い浮かべた。

予約制のディナーコースもあったが、今回はアラカルトにして好きなものを選んだ。

帆立貝《ほたてがい》の殻《から》に盛りつけられた熱々のグラタンに、上質な油で煮込んでから、皮がパリパリになるまで焼いた鶏《とり》モモ肉のコンフィ。そしてセミハードタイプのチーズをあたためて溶かし、グリルした夏野菜の上にたっぷりかけたラクレット。とろりとしたまろやかなチーズが、あざやかな色合いの野菜に絡み、素材の旨味《うまみ》を引き立てていた。

パンは食べ放題のメニューがあり、店内で焼き上げられた自家製のパンを、好きなだけ食べることができる。

このお店のバゲットは、とにかく皮《クラスト》の食感が素晴らしい。焼きムラもなく、小麦の風味がしっかり活かされている。癖はないのにコクがあり、そのまま食べても料理と合わせて食しても、相性は抜群。ほかのパンの出来栄えもみごとで、実力のある職人が手がけたものだと、一口でわかる味わいだった。

（わたしも頑張って、もっと腕を磨いていかないと）

感動するパンにめぐり合うと、いますぐ厨房《ちゅうぼう》に立ち、生地をこねたくなる。

紗良はバッグの中から、A5サイズのリングノートをとり出した。

表紙に描かれたパンのイラストにひとめぼれして、衝動買いしたものだ。白紙のページを開き、食べたパンの特徴や感想を記録しておく。新商品を考えたり、既存の製法を変えたりしたいときなどに読み返し、参考にするためだ。

（粉は何を使っているのかな。国産小麦の組み合わせ？　深みのある味わいだから、三種類以上ブレンドしているのかも）

職人のパンづくりは、粉選びから全力勝負。国産品に輸入品、それぞれの性質を見極めながら、もっともふさわしいと思うものを選び抜いていく。

小麦粉のブレンドは複雑で、配合を少し変えれば、前のものとはまったく異なる仕上がりになる。一発で理想のパンを生み出すことは、不可能に近いといえるだろう。

職人たちは日々、試行錯誤を積み重ね、ときには失敗を繰り返しながら、常に理想のパンを追い求めている。その追求に終わりはない。師匠から受け継いだ製法は大事に守っていくけれど、自分の力で生み出したパンも増やしていくのが、今後の目標だ。

「すみませーん。パンのお代わり、お願いしまーす」

ノートを閉じたとき、愛美がギャルソンに声をかけた。彼女もこのお店のパンがお気に召したようだ。

（ふふ。愛美ちゃん、楽しそう）

気持ちよく酔う彼女を見るのは、久しぶりだ。ルームシェアをしていたころは、狭いアパートで缶入りのお酒を飲みながら、いろいろな話に花を咲かせた。そのときのことを思い出して、紗良の口元が自然とほころぶ。

一度は仲違《たが》いをした愛美と、昔のように、一緒に食事をする日が来るなんて。かなわない夢だと思っていたから、とても嬉《うれ》しく、感慨《かんがい》深い。

愛美と再会したのは、三カ月近く前のこと。どちらもケンカ別れを後悔しており、お互いにあやまりたいと思っていたから、仲直りすることができた。いまはメッセージアプリで連絡をとり合っているし、こうやって会ったりもしている。

ワイングラスを置いた愛美が、テーブルの上で頬杖《ほおづえ》をついた。

「お店の雰囲気もいいし、次は彼氏と来たいなぁ」

「愛美ちゃん、新しい彼氏できたの？」

「ぜーんぜん！　あいつと別れてからは、誰ともつき合ってないよ。最近はビビッと来る出会いもなくてねえ」

愛美は苦笑しながら言う。

ケンカの原因になった、愛美の元彼。さらりと話題に出せるくらいには、吹っ切ることができたのだろうか。こちらからは訊《き》けずにいたので、ほっとする。

「ところで、紗良のほうはどうなのよ」

「わたし？」

「彼氏とか、気になる人とかできたりした？」

愛美の言葉に、どきりと鼓動が跳ねる。

気になる人と言われて思い浮かべたのは、ひとりの男性。ホテル猫番館《ねこばんかん》のロビーできびきびと働く、有能なコンシェルジュだ。

「紗良って専門学校のころから、男には見向きもしなかったよね。勉強のほうが大事だから、ほかのことは考えられないとか言って。あんた素直で可愛《かわい》いし、狙ってた男子もいたと思うんだけどなぁ」

「買いかぶりだよ。愛美ちゃんのほうが、クラスの男の子と仲がよかったじゃない」

「友だちと彼氏は別物だけどね。それはともかく、いまはどう？　あいかわらず、そっちのほうには興味なし？」

「それは……」

頬を染めてうつむくと、愛美の両目が輝いた。ずいっと身を乗り出してくる。

「え、なにその反応。もしかして、紗良にもついに恋人が⁉」

「いやいや、そんな人はいないけど。でもその……好意を抱いている人なら……」

「好意！」

もごもごと打ち明けると、愛美は大きく目を見開いた。これまでその手の話をしたことはなかったから、おどろいたに違いない。

「仕事命の紗良に、そんなことを言わせる男があらわれるとは……。職場の人？」

「うん」

好きな人ができたとき、愛美はいつも嬉しそうに報告してくれた。こういう話をするのは恥ずかしいけれど、親友には伝えておきたい。

「名前は本城要《ほんじようかなめ》さん。ホテルのコンシェルジュをしている人で――」

彼と出会ったのは、一年と少し前。

ふたつ年上の要は、猫番館のオーナーである本城夫妻の息子だ。

宿泊客が快適に過ごせるよう心を砕き、細部まで手を抜くことはない。常に最高のサービスを提供しようと努力する、そのホスピタリティはホテリエの鑑《かがみ》だ。同じ社会人として尊敬に値《あたい》するし、彼のように在《あ》りたいとも思っている。

性格は少し癖があって、よくからかわれてしまうけれど、自分に意識を向けてくれることが嬉しい。そんな本音を認めたとき、要に対する好意も自覚した。

要のことを考えると、心の中がほんわかとあたたかくなり、幸せな気分になれる。オーブンの前で、パンの焼き上がりを待っているときのように。

誰かに対してそんな気持ちになったのは、はじめてのことだった。

「コンシェルジュかぁ。このまえ行ったときは、厨房しか入らなかったんだよね」

「ベーグルをつくったときだね」

「いかつい顔の料理長さんならわかるんだけど」

愛美は以前、一緒にベーグルをつくるため、猫番館をおとずれたことがあった。シェフの天宮隼介《あまみやしゅんすけ》とは顔を合わせたのだが、ロビーにいた要とは会っていない。

「ね、写真はないの？　あるなら見せてよ」

「ええと、一枚だけなら……」

要の趣味はカメラだが、彼は人物の写真は撮らない。自分が撮られることも苦手なようで、めったに写真にうつろうとはしないのだ。紗良が持っているのは、看板猫のマダムを抱いた写真で、とても貴重な一枚である。

バッグを引き寄せた紗良が、いそいそとスマホをとり出したときだった。

「お待たせいたしました、お客様」

「秋葉《あきば》くん！」

顔を上げると、そこにはパンが入ったカゴを手にした男性が立っていた。コックコート姿の彼は、愛美と同じく専門学校時代のクラスメイト、秋葉洋平《ようへい》だ。

このお店のパン職人として働く彼は、紗良と愛美をじろりと見下ろした。

「っていうか、なんでおまえらがうちの店にいるんだよ」

「別にいいでしょ。お客さんとして来てるんだから」

すまし顔の愛美が、しれっと言う。紗良も遠慮がちに口を開いた。

「わたしも一度、このお店で食事をしてみたくて。迷惑だったらごめんね」

「いやその、迷惑ってわけでもないけどさ。いきなり知り合いが来たらビビるだろうが」

ぶっきらぼうに言いながら、秋葉はテーブルの上にカゴを置く。

「ほら、好きなもの選べよ」

四角いカゴの中にはバゲットをはじめ、レーズンスティックにチーズ入りのブール、マーマレードジャムを練りこんだうず巻きパンにガーリックフランスなど、きれいな焼き色のパンが並んでいる。小さめに切り分けられており、いろいろな種類を少しずつ食べられるように配慮されていた。

秋葉がここで働いていることは、紗良も愛美も知っていた。

このビストロで出しているパンは、彼が一から手がけたもの。紗良と同い年でありながら、すでにこれほどの技術を身につけているとは恐れ入る。天性の才能に加え、たゆまぬ努力の結晶だろう。見習いたい。

「秋葉くんがつくったパン、どれもすごく美味しかったよ。特にバゲットが感動的な味わいで！　粉の種類と配合比を教えてもらいたいくらい」

「それは企業秘密だ」

返事はそっけなかったけれど、照れていることが見てとれる。自分はよく、感情が顔に出ていると言われるが、秋葉も意外とわかりやすい。

レーズンスティックをとってもらった愛美が、「そういえば」と声をあげる。

「秋葉って、猫番館で働いたことがあるんだよね。コンシェルジュの本城さんって、どんな人だった？」

「なんだよいきなり。部署が違うから、そんなに話したことはなかったけど」

思い出すように宙を見つめていた秋葉は、やがてぽつりとつぶやいた。

「……猫の下僕」

「は？」

「あの人、ホテルの看板猫をめちゃくちゃ可愛がっててさ。本気なんだか冗談なんだか知らないけど、女王様扱いしてかしずいてたぞ。親バカならぬ猫バカだな」

「猫バカ……」

「仕事もできる人だけど、そっちの印象のほうが強かったなー……」

厨房に戻っていく秋葉の背中を見送りながら、紗良は笑いを噛《か》み殺した。

彼が猫番館にいたのは短い間だったのに、要の特徴をこれ以上ないくらい、ばっちりととらえている。要はスタッフ一の猫好きであり、マダムの忠実な下僕だ。それでいて、マダムをからかって翻弄《ほんろう》することもあるから油断できない。

(ん？　からかって翻弄するって、わたしと同じじゃ……)

自分はもしや、要の中ではマダムと似たような位置にいるのだろうか……？

マダムは高貴で美しい猫だし、可愛がられているのもうらやましいけれど、なんだか複雑な気分だ。嫌われてはいないだろうが、異性としては見られていない（猫とくらべるのもどうかとは思うけれど）ともいえる。

困惑する紗良の向かいで、愛美が残っていたワインを飲み干した。

「とにかく、紗良に好きな人ができたのはよろこばしいわね。イケメンで仕事もできる男なんて、最高じゃない。仲がいいなら脈ありだろうし」

「で、でも。もしかしたら猫と同じカテゴリーなのかも」

「そんなわけないでしょうが。あのね、ちょっかいをかけるのは、その相手に少なからずの興味があるからよ。どうでもいい相手なら、そもそも近づいてすらこないもの。向こうからかまってくる時点で、脈はあると思うけど」

「そう……なのかな」

「いまは彼女もいないんでしょ？　誰かにとられる前に、思いきって告白してみたら？」

愛美の言葉が心に響く。

想いを自覚したのだから、今度はその気持ちを相手に伝えなければ。

受け身でいれば傷つかないし、楽だろうとは思う。しかし、そのような心構えで望む結果を引き寄せられるほど、現実は甘くない。要と同僚以上の関係になりたいのなら、自分のほうから行動を起こす必要がある。

それはわかっているのだけれど……。

脳裏をよぎったのは、以前、要の口から明かされた話だ。

いまは誰ともつき合う気がないと、彼ははっきり言っていた。相手の告白に応《こた》えて交際をはじめても、恋人の期待に添うことができず、愛想を尽かされてしまうのだと。そんなことが何度も続けば、恋愛から距離を置きたくなるのも無理はない。

(だからいま、わたしが告白したとしても、やんわり断られるような気がする)

『もし次があるなら、そのときは俺にとってのカメラみたいに、自分から好きになった人がいい。告白されたからって安易につき合っても、相手を傷つけるだけだしね。冷たいとか愛情不足とか言われてフラれるのも嫌だから』

山下《やました》公園の薔薇《ばら》園で、要は紗良にそう言った。

彼はもう、生半可な気持ちで女性とつき合うことはしないだろう。応えてほしいと願うなら、まずは自分のことを好きになってもらわなければ。

(でも、カメラと同じくらいって)

要にとって、カメラはなくてはならないもの。生きがいのひとつともいえる。

肝心なことをはぐらかす要が、過去の話を打ち明けてくれたときは、自分と真剣に向き合ってくれているのだと思って嬉しかった。そんな彼をふり向かせてみせると、強気に決意したまではよかったけれど。

冷静になって考えると、恋愛に疎《うと》い自分には、難易度が高すぎではないだろうか?

経験豊富な女性ならまだしも、経験値がゼロに近い自分に、そのような芸当はできる気がしない。仕事のアイデアならいくらでも湧き上がるのに、こういう場合に何をすればいいのか、まったく思いつかないのだ。

（ど、どうすれば……）

　複雑な胸の内をさらけ出すと、愛美が同情するようにうなずいた。

「なるほど。それはなかなか難儀な相手ね」

「うう……」

　紗良はすがるような目で愛美を見た。いまは彼女のアドバイスが聞きたい。

「たしかに紗良の言う通り、いま告白しても断られるかもしれないわね。というか、むしろ相手のほうから告白させるくらいにしないとだめかも」

「ええっ」

「かといって、あんたに男女の駆け引きができるとも思えないし……。いまの紗良にできるのは、これまでと同じように、仕事に全力投球することかもね」

「仕事？」

「頑張る人の姿は魅力的。相手が職場の人なら、それがいちばん効果的だと思うわよ」

　愛美はにっこり笑って続ける。

「自分じゃわからないかもしれないけど、紗良がパンをつくる姿って、すごくカッコよく見えるんだよ。真剣なんだけど、楽しそうでもあって。無理してアプローチするより、そういうところを見てもらったほうが、紗良の魅力が伝わるんじゃないかな」

「愛美ちゃん……」

「それにほら、紗良って感情が顔に出やすいでしょ。たとえ隠そうとしても、好意は伝わる気がするなぁ。現時点で本城さんにいちばん近いところにいるのは紗良だと思うし、ライバルもいないんだから、ゆっくり進めていけばいいんじゃない？」

うろたえていた紗良の心に、愛美の優しい言葉がじんわりと沁《し》みていく。

――ああ、やはり彼女は頼りになる。

「聞いてくれてありがとう。愛美ちゃんに相談してよかった」

「紗良の話ならいつでも聞くわよ。あ、進展したって報告も大歓迎だからね！」

なんでも話すことができて、味方になってくれる親友。

彼女との友情が復活したことに感謝しながら、紗良はおだやかに微笑《ほほえ》んだ。


その翌日。

宿泊客の朝食が終わり、片づけもすませたとき、紗良は要から呼び出しを受けた。作業用のエプロンと衛生帽子をはずしてから、事務室に向かう。

「ああ、紗良さん。忙しいのに呼びつけてごめんね」

ドアをノックして中に入ると、パソコン作業をしていた要が顔を上げた。

向かいのデスクでは事務員の泉《いずみ》が黙々と、伝票らしきものを整理している。大量に積まれたそれは、おそらく領収書だろう。提出されたレシートや領収書を精査して、経費を計上するのも彼女の仕事だ。

「そこのソファ、座っていいから」

向かい合わせになったソファの上には、先客がいた。メインクーンの白猫マダムが寝そべって、毛づくろいをしている。

普段はふわふわでやわらかい純白の毛は、いまの季節は湿気でベタつく。エアコンで除湿しているが、マダムのご機嫌はななめのようだ。猫っ毛の紗良も、この時季は髪が湿気でひどいことになるので、彼女の苛立《いらだ》ちはよくわかる。

(髪をなんとかするために、いつもより早起きしないといけないしね……)

紗良がソファに腰を下ろすと、立ち上がった要が近づいてきた。

「マダム、まだ機嫌が悪そうだなぁ。あとでおやつでもあげるか」

しわひとつないスーツは、体に合わせたオーダーメイド。水色のシャツと青いネクタイは、海をイメージしているそうだ。髪はきちんとセットされ、眼鏡をかけた姿は、どこから見ても隙《すき》がない。

立ち姿もきれいで、ひとつひとつの所作に品がある。一朝一夕《いっちょういっせき》で身につくものではないから、育ってきた環境も影響しているのだろう。洗練された動きと、優雅で落ち着いた物腰は、おもてなしのプロであるホテリエにふさわしい。

お客に好印象を持ってもらうための笑顔や、美しいお辞儀。コンシェルジュに必要な知識の習得はもちろん、どんなお客でも聞きとりやすいよう、声のトーンや話し方にも気をつけていると言っていた。仕事のためなら、要はどんな努力も惜しまない。

『頑張る人の姿は魅力的』

愛美の言葉を思い出す。たしかに自分は、要の徹底的なプロ意識を格好いいと思っている。生き生きと仕事をする姿に惹《ひ》かれたことも事実だ。自分に対しても同じことを感じてもらいたいのなら、やはり日々の仕事に全力で取り組むべきなのだろう。

(よし!)

居ずまいを正した紗良の正面に、要が座った。意識しているようにも見えないのに、背筋がきれいに伸びていて、その美しさにほれぼれする。

「紗良さん、水無瀬《みなせ》エリって知ってる?」

「水無瀬エリ?」

「この二、三年で人気になった若手女優なんだけど」

はじめて聞く名前に、紗良は首をかしげた。

テレビは寮の個室やリビングに置いてあるのだが、紗良はドラマや映画の類《たぐい》はほとんど観ない。バラエティにも興味がないため、芸能人には疎いのだ。

「すみません。テレビは大相撲《おおずもう》とニュースくらいしか観ないんです」

「大相撲?」

「実は大ファンなんです。わたしの部屋、グッズがたくさんありますよ」

寮の二階は女性専用だから、要は紗良の部屋を知らない。趣味の話をしたのもはじめてなので、おどろいているようだ。

これまでに集めたコレクションの中で、ひときわ輝いているのは、横綱直筆のサイン色紙だ。立派な手形も押してあり、額装して大事に飾っている。その隣には番付表も貼っているし、取り組みの録画も忘れない。

生での観戦はご無沙汰《ぶさた》だったのだが、国技館で行われる九月場所は、同じ趣味を持つ愛美と一緒にチケットをとる予定だ。久しぶりに生の取り組みが見られるのかと思うと、いまから楽しみでならない。

「力士の方なら、序ノ口からチェックしているんですけど。女優さんはよく知らなくて」

「意外な趣味だな。でも、そういう一面があるほうがおもしろい」

口角を上げた要は、手元のタブレットを操作した。

「この人が水無瀬エリだよ」

画面の中で笑っている女性を見た紗良は、「あっ」と声をあげた。

自分よりも少し年上の、目鼻立ちがととのった美しい人。

華やかな美貌《びぼう》の持ち主であるその人は、先日、和久井《わくい》ベーカリーの跡地で紗良に話しかけてきた女性だった。

(すごくきれいな人だとは思ったけど、女優さんだったのね)

彼女――水無瀬氏は週に一度くらいの頻度《ひんど》で、和久井ベーカリーに来店していた。

買っていくのは、黒糖くるみあんパンと、果物を使ったデニッシュ。このふたつは必ず購入し、あとはそのときに食べたいものを選んでいた。服装はいつも地味だったし、無骨な眼鏡をかけてもいたが、不思議な存在感がある人だった。

(いつの間にか来なくなったから、どうしたのかなとは思ってたけど)

おそらくそのころから売れはじめ、区外に居を移したのだろう。仕事で成功したのならよろこばしい。

タブレットの画面を凝視していると、要が声をかけてきた。

「もしかして、顔だけ知ってるパターン?」

「実は……」

水無瀬氏が和久井ベーカリーの常連客だったことを伝えると、要は合点がいったようにうなずいた。

「なるほどね。そのときに名刺を渡したから、うちに電話をかけてきたのか」

「電話があったんですか?」

「本人じゃなくて、マネージャーの人からだけどね。紗良さんに折り入って頼みたいことがあるって」

「わたしに……?」

意外な展開に、紗良は目を丸くした。人気女優のマネージャーが、一介のパン職人に過ぎない自分に、なんの頼みがあるというのだろう?

「まだ発表もされてないから、関係者以外にはオフレコなんだけど……。いま、水無瀬さんを主役にしたドラマの企画が進んでいるらしくて。人気漫画の実写化だったかな?」

「ドラマですか。しかも主役!」

「放送は来年の予定だから、だいぶ先ではあるけどね」

タブレットを自分のもとに引き寄せた要が、おもしろがるような口調で続ける。

「水無瀬さんが演じるヒロインは、政略結婚を嫌がって家出をした名家のご令嬢。路頭に迷っていたところを助けてくれたパン屋の店主に弟子入りして、一人前のパン職人《ブーランジェール》になるべく奮闘するハートフルストーリー」

「え……」

「ちなみに恋愛要素もあるよ。ヒロインの想い人は、パン屋の常連客にして、実はお店のオーナーでもある御曹司《おんぞうし》」

「御曹司……」

「どこかで聞いたような話だよなぁ」

にっこり笑った要が、含みのある目で紗良を見つめる。

「紗良さん、もしかして漫画家さんにネタでも提供した？」

「し、してませんよ。偶然です」

あわてて手をふったものの、要がからかいたくなるのもわかる。漫画はあまり読まないのだが、あとでタイトルを教えてもらって読んでみよう。

要の話によると、水無瀬氏は役づくりにとても熱心な女優らしい。

今回は、はじめての職人役。リアルな演技を追求するため、ヒロインと同じ「二十代の女性パン職人」を取材して、話を聞いてみたいそうだ。実際にパンをつくるところも見学して、参考にしたいのだという。

しかし、見つけ出した何人かの候補には、スケジュールの都合で断られてしまった。どうしようかと困っていたとき、水無瀬氏の前にあらわれたのが、条件にぴったり合う紗良だったのだ。

「先方にとっては、渡りに船。紗良さんはヒロインのイメージにも近いからね。水無瀬さんは、きみといろいろ話をしてみたいんだってさ。だからぜひ取材を引き受けてくれないかって、マネージャーさんを通して依頼があったというわけ」

「そうだったんですか……」

「もちろん、無理に引き受ける必要はない。紗良さんも忙しいだろうし、スケジュールによっては都合が合わないこともあるしね。母さん《オーナー》も、受けるかどうかは紗良さんの意思にまかせるって」

どうする？　と訊かれた紗良は、少し目を伏せ考える。

あのとき水無瀬氏と再会したのは、本当にたまたまだった。

和久井ベーカリーがなくなってからも、紗良は定期的に師匠のもとをたずね、パンづくりのアドバイスをもらっている。その日も師匠の自宅に行く途中で、少し遠回りをしてお店があった場所に寄ったのだ。

そこに建っていたのは、お洒落《しゃれ》な雰囲気の新しいビル。

記憶の中にある古びたビルは、跡形もなく消え去っていた。

わかってはいたけれど、実際に目にしてしまうと、やはりつらいものがある。だから長らく避けていたのだ。

失ったお店のことを思い、胸を痛めていたとき、水無瀬氏に声をかけられて――

『和久井ベーカリーにはよくパンを買いに行っていたんです』

あのとき、あの場所で、師匠のお店を憶《おぼ》えている人に会えたことが嬉しかった。

いまはもうないけれど、和久井ベーカリーはたしかに、ここにあった。それを証明してもらえたような気がしたからだ。

――だから今度は、自分が彼女の力になりたい。

顔を上げた紗良は、「わかりました」と答える。

「取材の件、お受けしたいと思います」

「日程によっては、紗良さんの負担になるかもしれないよ」

「かまいません。わたしでお役に立てることでしたら、できる限り協力したいので」

言葉を切った紗良は、微笑みながら続ける。

「それにわたしも、水無瀬さんと一度ゆっくりお話ししてみたいんです。お師匠さまのお店のことなど」

「わかった。先方にはそう伝えておくよ」

話がまとまると、紗良はソファから腰を上げた。

事務室を出ようとしたとき、背後から「紗良さん」と呼びかけられる。

「原作の漫画、まだ連載中だから結末がわからないんだ。ヒロインとその想い人は、最終的にどうなると思う？」

「それは……」

なんとなくヒロインと自分を重ねながら、口を開く。

「気持ちが通じ合うといいな、と。好みは人それぞれですけど、わたしは幸せに終わる物語が好きなので」

「俺もハッピーエンドは好きだよ。後味が悪いのは苦手だし」

うなずいた要は、「でも」とつぶやく。

「物語はそこで終わっても、現実はそのあとも続くからな……」

「え？」

「いや、なんでもない。ひとりごとだよ」

そう言って、要はいつものように微笑んだ。意味ありげな言葉が気になったが、彼の真意がわからないので、訊いたら藪蛇《やぶへび》になりそうな予感もする。

結局それ以上は何も言えずに、紗良は事務室をあとにしたのだった。


水無瀬氏のマネージャーと話し合った結果、取材は十日後に決まった。

もっと先になるかと思っていたが、その日は丸一日オフなのでちょうどいいらしい。

「高瀬《たかせ》さんはいつも通りにお仕事をなさってください。水無瀬の希望としましては、厨房で作業を見学させていただけるとありがたいとのことです」

「わかりました。料理長に頼んでみます」

隼介の許可が下りたので、水無瀬氏を厨房に招き入れ、パンをつくるところを見学してもらうことにした。インタビューは紗良が退勤してから受ける予定だ。

要に報告すると、彼は七月の宿泊予定表を見つめながら言った。

「その日はスイートルームが空室なんだよな。丸一日オフなら、泊まっていただけるようプレゼンしてみるか」

「七月は満室だって言ってませんでしたっけ？」

「そうだったんだけど、急遽《きゅうきょ》キャンセルになってね。一般客室ならすぐに埋まるだろうけど、スイートだからな……」

猫番館のスイートルームは、広さも値段も、ツインルームの約三倍。一名につき、一泊八万円からとなり、ハイシーズンは十万近くになる。もちろん、その料金に見合った最高のサービスを提供しているし、リピーターも多い。

最近はオーナーの発案で、閑散期にリーズナブルな値段で泊まれるプランも増え、若い層にも好評だ。東京に近い場所で、人目を忍んでゆっくり過ごせるのがよいと、著名人の顧客からも人気を博していた。

「高額ですけど、売れっ子の女優さんなら検討してくださるかもしれませんね」

「気に入っていただけたら、顧客獲得のチャンスだ」

眼鏡を押し上げた要が、レンズの奥の目をきらりと光らせる。

宿泊客へのホスピタリティと同時に、ホテルの利益を追求することも忘れない。さすがは未来のオーナーだ。

要が交渉すると、水無瀬氏はこころよく宿泊予約を入れてくれた。ぜひ泊まらせてほしいと、乗り気だったという。

「空室が埋まってよかったですね」

「ああ。しかも今回は、一名様じゃなくて──」

それから十日はあっという間に過ぎ、取材の当日がやって来た。

猫番館のチェックインは、十四時から。水無瀬氏は本名の「小野寺《おのでら》」という名前で宿泊するそうだ。スイートルームは部屋食だし、館内を歩き回るときは変装するとのことなので、ほかのお客に気づかれる可能性は低いだろう。

目的は取材でも、宿泊する以上、彼女は大事なお客さまのひとりだ。

(せっかくの休日だし、のんびり過ごしていただけるといいな)

夕食に出すバゲットの生地を焙炉《ホイロ》の中に入れ、紗良はふうっと息をついた。

厨房には調理台がふたつあり、ひとつはパンやお菓子用、もうひとつは料理をつくるために使われている。隣の調理台では、料理人の早乙女《さおとめ》が夕食の仕込みをしていた。すりこぎでつぶしているのは、輪切りにして茹《ゆ》でたエシャロット。小ぶりの玉ねぎのような野菜で香りがよく、玉ねぎほどの甘みはない。

つぶしたエシャロットにやわらかくしたバターを混ぜ、ニンニクとパセリ、塩コショウを加えて練り合わせれば、エスカルゴバターができあがる。その名の通り、エスカルゴや貝類を使った料理に使われるが、肉や魚のグリエにも合うそうだ。

本日のメインは、和牛のステーキ。一般客室の夕食にはロース肉を用いるが、スイートルームはグレードが高く、希少なフィレ肉を使う。その中央部はシャトーブリアンと呼ばれており、脂肪《しぼう》が少なくやわらかい、最上級の肉質を堪能できる。

エスカルゴバターを添えたステーキは、猫番館では夕食の定番メニューのひとつだ。

卓越した技術を持つ隼介が焼き上げた牛肉には、家庭のそれとはまったく違った食感と旨味が加わる。風味豊かなエスカルゴバターをつけて食せば、非日常の幸福を味わうことができるだろう。

その味を想像してにやけていたとき、早乙女がすうっと近づいてきた。

寸胴鍋《ずんどう》を火にかけて、鶏ガラからブイヨンを煮出している隼介に聞こえないよう、小声で呼びかけてくる。

「メイさん」

猫番館の人々は、それぞれが好きなように紗良を呼ぶ。苗字《みょうじ》だったり下の名前だったりいろいろだ。紗良は厨房のボスにしてパティシエでもある高瀬誠《まこと》の姪《めい》なので、早乙女の場合はそこから来ているのだろう。

「水無瀬エリが来るのって、今日だよね?」

「ええ、そうですよ」

早乙女につられて、紗良も声をひそめて答える。隼介は背中を向けたままだ。

「俺さ、実はけっこうファンなんだよねー。水無瀬エリの」

そう言って、早乙女は表情をゆるめる。

「もう十年くらい前になるかなぁ。脇役でドラマに出てたんだけど、そのころから演技に光るものがあってさ。存在感があるっていうの？　当時はモデルだったから、女優になれば成功するぞって思ったのに、なかなか売れなくて」

「そんなに前からファンだったんですか」

「俺、大学時代は演劇サークルに入ってたんだ。役者じゃなくて、小道具担当だったんだけどね。芝居を観るのは好きだから、気になる役者はチェックしてるよ。水無瀬エリとは歳《とし》も近いし、人気が出たときは嬉しかったなぁ」

早乙女は笑顔で言った。

小道具を担当していたのなら、昔から手先は器用だったのだろう。料理も得意で、サークル仲間に食事をふるまうこともあったそうだ。

大学卒業後は料理の道に進んだが、映画やドラマ、舞台の鑑賞はいまでも続けているという。彼も寮住まいなのだが、自室のテレビが小さいからと言って、リビングの大きなテレビでDVDを観ている姿をよく見かける。

そんな彼が十年も前から目をかけていた女優が、この厨房にやって来るのだ。浮き足立つのも無理はない。

「顔もめっちゃ好みなんだよなー。派手顔の美人で」

「このまえお会いしましたけど、すごくきれいな方でしたよ」

「だろうねー。ま、そんな美女が俺なんて相手にするわけないんだけどさ。っていうか彼女、既婚者だし」

苦笑した早乙女は、残念そうに言う。

水無瀬氏が結婚したのは、一年ほど前のこと。

紗良は知らなかったのだが、正式に発表されたときは、芸能ニュースで大きくとり上げられたそうだ。彼女にはこれまで、熱愛報道の類がほとんどなかったこともあり、電撃結婚だとおどろかれたらしい。

「しかも相手は、高校時代の同級生！　イケメン俳優かどこかの社長かと思いきや、ごく普通の会社員だっていうからびっくりだよ。そういう相手を選ぶと好感度が上がるみたいで、結婚後は女性のファンが増えたとか」

「そういえば、今日は旦那《だんな》さまとご一緒にお泊まりになるみたいですよ」

「スイートルーム二名分を、即決で予約したらしいね。それにしても、水無瀬エリを口説き落とした旦那には興味があるなぁ。どんな人なんだろ」

早乙女が首をかしげたとき、隼介がくるりとふり向いた。

「いつまで無駄話をしてるんだ。口より手を動かせ」

「あれ、聞こえちゃいました？」

「それだけ大きな声で話してればな」

言われてみれば、早乙女との会話はいつの間にか、普段の音量に戻っていた。彼の声はよく通るので、丸聞こえだっただろう。

「シェフも気になりませんか？　水無瀬エリ」

「芸能人には興味がない。誰が来ようと、最高の食事を提供するのが料理人の仕事だ」

「そんなこと言ってー。前に柔道の金メダリストが泊まりに来たときは、めずらしくそわそわしてましたよね。実はファンだったんでしょ？　わかります」

「……」

揶揄《やゆ》された隼介は、ばつが悪そうにそっぽを向いた。事実らしい。

彼は一流の料理人だから、仕事はいつも通り、完璧にこなしたのだろうけれど。心の奥ではうきうきしていたのかと思うと、親近感が湧いてくる。紗良だって、推《お》しの力士が目の前にあらわれたら、きっと浮かれてしまうだろう。

だが、そのせいで仕事に影響を及ぼすようでは、プロとはいえない。

隼介が言う通り、誰が来ようと、最高の食事を提供するのが料理人の仕事。それはパン職人でも同じことだ。

猫番館に宿泊したすべてのお客に、美味しい食事を楽しんでもらいたい。

それが紗良たち厨房スタッフの願いであり、そのために日々、技術を磨いて努力を積み重ねているのだ。

「これから夏の繁忙期だ。九月末までは満室の日が続くと聞いている」

腕組みをした隼介が、紗良と早乙女を見下ろした。表情を引きしめて言う。

「厨房も忙しくなるだろうが、手抜きは許さん。だからといって、オーバーワークをさせるつもりもない。休むべきときはしっかり休んで、体力を蓄えるように。わかったな」

「はい！」

「おまかせください。シェフの期待以上の仕事をしてみせますよ！」

紗良が元気に応えると、早乙女も自信満々に胸を叩く。

気合いを入れた紗良たちは、意気揚々《ようよう》と仕事の続きにとりかかった。


小野寺夫妻が来館したのは、それから一時間後のことだった。

チェックインをすませた彼らは、スイートルームでひと息ついてから、一階の応接室に通された。ここは主に、パーティーなどの打ち合わせをするときに使われている。

紗良が中に入ると、ふたりはそろって立ち上がった。

「はじめまして。本日は妻がお世話になります」

ぺこりと頭を下げたのは、Ｔシャツにジーンズ姿の男性だった。短めの黒髪に、中肉中背の体型。目立った特徴はないけれど、さわやかで明るそうな人だ。

その隣には、似たような格好をした水無瀬氏が立っている。

元モデルだけあって背が高く、身長は夫とほぼ同じ。手足が長くてスタイルもよく、ラフな服装でも見栄えがする。サラサラの髪は下ろしたままで、Ｔシャツの胸元に引っかけたサングラスが格好いい。

年齢は二十九歳だと聞いているが、夫の小野寺氏はやや童顔のため、同級生にはあまり見えない。早乙女は「美人女優を射止めた旦那だし、モデル並みのスタイルか、俳優ばりの美形かも」と言っていたから、意外だった。

それはともかく。

（なんだろう。この感じ）

小野寺氏の顔には、既視感があった。はじめまして、ではない――

「あっ！　もしかして、和久井ベーカリーに来店されたことがありませんか？　水無瀬さまとご一緒に」

小野寺氏は目をぱちくりとさせてから、「はい」と答えた。

「何回か行ったことがあります。そんなことまで憶えていてくださったんですね」

「私が誘ったんですよ。近くに美味しいパン屋があるから、一緒に行こうって」

水無瀬氏が言い添える。何年も前のことだったが、いつもひとりで来店する彼女が恋人を連れていたので、記憶に残っていたのだ。

あのふたりが結婚し、夫婦としてふたたび、自分の前にあらわれた。

不思議な縁を感じながら、紗良は小野寺夫妻に向けて、丁寧に一礼した。

「あらためまして、パン職人の高瀬と申します。このたびはホテル猫番館にご宿泊いただき、まことにありがとうございます」

紗良はにっこり笑って、歓迎の意を示した。

「厨房ではお二方のために、最高の夕食をご用意しております。ご夫君はもちろん、奥さまも取材のあとは、ごゆっくりおくつろぎくださいませ」

「奥さま……」

つぶやいた水無瀬氏が、両手で自分の頰を包みこんだ。くすぐったそうに笑う。

「うわぁ、そう呼ばれると、やっぱりまだ照れるなー。でも嬉しい」

幸せそうな表情に、紗良の口元も自然とゆるむ。

結婚して一年であれば、そろそろ新しい生活にも慣れ、落ち着く頃合いだろう。けれども水無瀬氏の反応は、新婚当初のようで微笑ましい。左手の薬指にはめられた指輪も、彼女の幸福を象徴しているかのように、美しく輝いている。

(前に会ったときは、もっと大人びた印象だったけど)

今日は少女のように無邪気で、可愛らしい雰囲気だ。おそらく、こちらが素の彼女なのだろう。

「さっそくですが、厨房にご案内します。これから明日の朝食にお出しするパンをつくるので、見学なさってください」

「ありがとうございます。楽しみ!」

声をはずませた水無瀬氏に、小野寺氏が釘を刺す。

「おい絵里《えり》、はしゃぎすぎて迷惑かけるんじゃないぞ。おまえ、興奮するとテンション爆上がりになるし」

「翼《つばさ》くんは心配性だねえ。大丈夫。ちゃーんとおとなしくしてるから」

「ほんとかよ?　高瀬さん、邪魔になったらいつでも叩き出していいですからね」

「そんなことにはなりませーん」

飛び交う会話は軽妙で、気安い関係であることがうかがえる。

蜜月《みつげつ》の新婚夫婦というよりは、親しい友人同士のような空気感。高校の同級生だったそうだし、つき合いも長く、お互いを知り尽くしているのだろう。

応接室を出た紗良は、水無瀬氏をともない、まずはスタッフ用の更衣室に向かった。

ロッカーを開け、事前に用意していたコックコートと衛生帽子、そしてすべり止めがついたスリッポンを彼女に貸し出す。衛生対策を徹底しないと、隼介から入室の許可が下りないのだ。

「髪の毛はまとめて、帽子の中に入れてください。消毒も念入りに行います」

「厳重なんですね」

「食べ物を扱う場所ですからね。万が一にも、食中毒を出すわけにはいきませんし。この時季は食品が傷《いた》みやすいので、特に気をつけているんですよ」

着替えが終わると、紗良たちは厨房に足を踏み入れる。

「水無瀬さまをお連れしました」

彼女が入室した瞬間、早乙女の顔が見るもあらわに輝いた。

駆け寄って話しかけたそうにしているが、隼介の目があるのでこらえている。一方の隼介は普段と変わらず落ち着いており、眉ひとつ動かさない。

「こんにちは。今日は見学を許してくださってありがとうございます」

　水無瀬氏が頭を下げると、隼介はかすかに微笑んだ。

「お役に立てれば幸いです」

　隼介は、プロ意識が高い人を邪険にはしない。厨房の見学も、演技の仕事に役立てるための努力だと知ると、こころよく許可を出してくれた。

「厨房ってこんな感じなんですね」

　水無瀬氏は興味深げに周囲を見回した。

「私、飲食系で働く人を演じるのははじめてなんです。だから厨房にも縁がなくて」

　猫番館の厨房で働いているのは、主に四人。シェフの隼介と、料理人の早乙女。パン職人の紗良に、パティシエの誠だ。調理助手のアルバイトも雇っているが、正規のスタッフはこの四人だ。

　小さなレストランでは、パンとデザートもシェフが手がける場合が多い。猫番館ではそれぞれ、専属の職人が腕をふるっている。

　厨房には料理用のほかに、製菓・製パン用のデッキオーブンやコンベクションオーブンが設置されており、生地を発酵《はっこう》させるためのホイロも置いてあった。業務用の大きな冷蔵庫や冷凍庫、手入れが行き届いた銀色の調理台も、存在感を放っている。

「では、作業をはじめますね」

紗良は冷蔵庫の扉を開けた。十数時間をかけて発酵させた生地《デトランプ》をとり出す。

「これはクロワッサンやデニッシュをつくるための、折りこみ生地です」

「デニッシュ！」

水無瀬氏の表情が輝いた。

「そういえば……。水無瀬さまはよく、和久井ベーカリーでフルーツデニッシュを購入されていましたね」

「ええ。デニッシュと黒糖くるみあんパンは、週に一度のご褒美だったんですよ」

当時を思い出したのか、彼女はなつかしそうに目を細めた。

「あのころは仕事で失敗ばかりしていて、ちょっと荒《すさ》んでいたんです。でも、和久井ベーカリーのパンを食べると、いつも幸せな気分になって」

「幸せ？」

「癒《いや》されるっていうか、どろどろとした黒い気持ちが浄化される感じかな。甘いものって偉大ですよね。最初は暗い顔をしていても、食べ終わるころには笑顔になってて。疲れもすうっと消えていって、来週も頑張ろうって気分になれたんです」

紗良の脳裏に、小さなアパートの一室で、ひとりで菓子パンを食べる女性の姿が思い浮かんだ。

まだ仕事で成功はしていなかったころだし、金銭的にも苦しかったのだろうか。専門店で菓子パンを買うことすら、贅沢《ぜいたく》だったのかもしれない。

それでも彼女は、和久井ベーカリーのパンを求めて通い続けてくれたのだ。

「だから閉店したことを知ったときは、すごくショックでした。でも、あのお店のパンは高瀬さんが引き継いでくれたんでしょう？　お店はなくなっても、パンはいまでも生きてるんだって思うと、なんだか救われた気がします」

水無瀬氏の優しい言葉が、紗良の心を大きく震わせる。

（お師匠さま……）

自分たちの焼いたパンが、ひとりの女性にささやかな幸せを届けていた。

師匠にそう伝えたら、職人冥利《みょうり》に尽きると言ってよろこぶだろう。

和久井ベーカリーの閉店は、紗良にとっても大きなショックだった。けれど、水無瀬氏の言葉を聞いて、自分も救われたような気がする。

「……折りこみ生地はかなりの時間と手間がかかるので、毎日はつくれません」

嬉しくて涙が出そうになるのをこらえ、紗良はやるべき仕事に意識を戻した。

自分がめざすのは、師匠のような立派な職人。これからも、和久井ベーカリーの名に恥じないパンを焼いていきたい。

「手間暇がかかる生地は、まとめてつくってから冷凍しているんです。パン職人はわたしひとりしかいませんから。作業効率を上げるため、ストックは欠かせません」

紗良は表情を引きしめて、作業にとりかかった。

(まずはバターの準備を……)

冷蔵庫から出したバターは、やわらかくせずにそのまま使う。打ち粉をふったペストリーボードの上に置き、麺棒《めんぼう》で叩いてつぶしながら、正方形のシート状にととのえた。

続けて生地にも麺棒をかけ、その上にバターを菱《ひし》形になるよう配置する。生地の四隅《よすみ》を折りたたみ、バターがはみ出ないよう気をつけながら、しっかり包んでいった。

それが終わると、紗良は厨房の隣にある小部屋に移動した。

小型の卓上パイシーターで、生地を数ミリの薄さに伸ばしていく。

「製パンの現場では、こういった機械も使います。これはパイローラーともいうんですけど、厚みを調整できるし、しわにならずにきれいに伸ばせて便利なんですよ。パイ生地をつくるときにも使っているので、パティシエと共用しています」

小部屋の温度は、厨房よりも低めに設定されている。折りこんだバターが溶け、生地に馴《な》染《じ》んでしまうのを防ぐためだ。アイスクリームやシャーベットをつくるのにも適しており、夏場の使用頻度《ひんど》が高い。

紗良は伸ばした生地を三つ折りにして、ラップで包んだ。冷凍庫に入れて、しばらく休ませる。

「この作業を、あと二回行います」

「二回も？」

「そうすることで、クロワッサンやデニッシュに不可欠な層が生まれるんですよ」

最終発酵が終わったバゲット生地を確認してから、紗良は顔を上げて微笑んだ。

「さっきの生地はデニッシュ用なので、三つ折りが三回。クロワッサン用は、四つ折りを二回にしています。同じ生地でも、層が違うと食感が変わるので。何層にするかはつくり手の好みによりますけど、二十七層が多いですね」

「へえ……」

「パイ生地はもっと折りこんでいくので、数百層になったりしますよ。当館のパティシエは、三つ折り六回で七百二十九層に仕上げています」

「七百二十九層！　サックサクですねー！」

「喫茶室で提供しているミルフィーユは絶品ですよ。見た目はシンプルですけど、厚めのパイ生地とカスタードクリームの味わいが際立っていて。クリームはほんのりレモン風味で、さわやかな後味です。ぜひ一度、召し上がってみてください」

そんな話をしてから、紗良はバゲットの仕上げに集中した。

自家製のレーズン酵母《こうぼ》でつくった生地は、理想的な大きさにふくらんでいる。

発酵力は市販のものより弱いのだが、レーズンは比較的安定しているので、初心者でも扱いやすい酵母だ。市販のイーストにはないほのかな甘みと、フルーティーな香りをつけることができるため、重宝している。

成形はすでに終わっていたので、紗良はバゲットの形をした生地に、クープナイフで切れ目を入れた。天板をオーブンにセットして焼成《しょうせい》する。

しばらくすると、パンが焼ける香ばしい匂いがただよってきた。

「ああ、なんていい香りなの……」

深呼吸をした水無瀬氏が、うっとりしながらつぶやいた。紗良はいつもと同じ仕事をしているだけだが、彼女にとっては何もかもが新鮮に感じられるのだろう。師匠の作業をはじめて見学したときのことを思い出して、心があたたかくなる。

あのときの自分も、彼女のように満ち足りた表情をしていたに違いない。

オーブンから出したバゲットは、こんがりと焼き上がっていた。のぞきこんだ水無瀬氏が、声をはずませながら言う。

「これ、夕食に出すパンですよね？　美味しそう」

「メインのお料理にも合うと思いますよ。ご期待ください」

「うわぁ、楽しみ！」

水無瀬氏の視線は、焼きたてのバゲットに釘づけだ。

彼女には、いまよりもさらに、パンを好きになってもらいたい。そしてパン職人という職業にも興味が深まれば、魅力的なヒロインを演じることができるはずだ。

「この感動を書き留めておかなきゃ。演技にも活かせそう」

口元に笑みを浮かべた紗良は、生き生きとメモをとる彼女の姿を見守った。


「は――……。幸せ」

ひときわ豪勢な夕食に、猫足バスタブのクラシカルなお風呂。

スイートルームで贅沢な時間を楽しみながら、絵里はふかふかのソファに腰かけ、細長いシャンパングラスに口をつけた。

柑橘《かんきつ》のような香りは好みだし、口の中ではじける泡の感触も心地よい。銘柄《めいがら》などは上品な雰囲気の支配人が説明してくれたが、普段はあまりワインを飲まないので、詳しいことは忘れてしまった。

（まあ、美味しいからいいか）

グラスを置いた絵里は、ソファの背もたれに体をあずけた。

厨房の見学と、パン職人の紗良に対するインタビュー。あれこれ質問しているうちに時が過ぎ、気がついたときには日が暮れかけていた。

『あ、ごめんなさい。勤務時間外なのにいつまでも』

『いえそんな。いろいろとお話ができて楽しかったです』

勤務後のインタビューでも、紗良は嫌な顔ひとつすることなく、貴重な時間を割いてくれた。そのうえ『ご質問があれば、いつでもご連絡ください』と言ってくれたのだ。

（いい人でよかった。癒し系って感じで）

紗良は話し方もおだやかで、言葉の選び方にも品がある。立ち居振る舞いも洗練されており、厨房で忙しく動き回っていても、ドタバタした雰囲気はなかった。

「それにしても、本当にお嬢様だったとはねえ」

話の流れで、紗良の家柄を教えてもらったときは仰天した。

パン職人として働きながら、育ちのよさもナチュラルに感じられる。そんな彼女は、絵里が思い描いているドラマのヒロインそのものだ。まさかこんなところで、イメージ通りの人物に出会えるとは思わなかった。

シャンパンの力も相まって、高揚した気分が続いている。忙しすぎてすり減っていた心が、ゆっくりと回復していくような感じだ。

(夕食も最高だったし……。成り行きで予約したけど、大当たりだわ)

期待していた夕食は、想像以上に素晴らしかった。

メインディッシュのフィレステーキは、しっとりしていてやわらかく、中まで均一に火が通っていた。ナイフを入れるとジューシーな肉汁があふれ出し、風味豊かなエスカルゴバターとなめらかに溶け合う。その濃厚な味わいが、いまでも忘れられない。

紗良が焼いたレーズン酵母のバゲットも、料理にはなくてはならないものだった。

和食にお米が欠かせないように、洋食にはパンが必要だ。

彼女がつくったパンは、料理の味を邪魔することなく、かといって無味乾燥《むみかんそう》にもならないよう、絶妙な味つけで仕上がっていた。演劇でいうなら、主役を引き立てつつ、自身の存在感も示す名脇役といったところか。

主役は物語の顔だし、スポットが当たるのも当然だ。

しかし、もっとも重要なのは脇役の存在だと、絵里は思う。脇をかためるものが魅力的であればあるほど、主役の輝きも増していく。

紗良のパンはみごとに、その役割を果たしていたのだ。

――どんなに小さな役であっても、存在する意味はある。

役者をはじめたころから、自分はそう信じて走り続けている。

(デザートも美味しかったし、大満足)

何層にも重ねたパイ生地を焼き上げ、濃厚なバニラアイスを添えたアップルパイ・ア・ラ・モードを思い出してにやけていると、バスルームに通じるドアが開いた。濡れた髪をタオルで拭きながら、夫の翼が戻ってくる。

「おかえりー。お風呂どうだった?」

「気持ちよかったけど、俺はやっぱり温泉のほうが好きだなぁ」

「えー?　猫足バスタブ、可愛いのに」

「可愛さよりも、浴槽が広いほうがいいだろ。ま、これはこれで貴重な体験だけどさ」

肩をすくめた翼は、リビングに備えつけてある冷蔵庫を開けた。ミネラルウォーターのボトルをとり出し、口をつける。

「シャンパンまだあるよ。飲む?」

「おう」

翼がソファに腰を下ろすと、絵里はもうひとつのグラスにシャンパンをそそいだ。

「そういや絵里、明日の仕事は何時から?」

「十三時。香月《かづき》さんがここまで迎えに来てくれるから、チェックアウトぎりぎりまでいられるよ。翼くんはお休みだよね」

「ああ」

夫は都内にある文具メーカーに勤務している。大手ではないが、堅実に利益を出している会社だ。明日は日曜なので、仕事はない。

自分の帰宅は夜遅くになるけれど、夫には休日を満喫してもらいたい。

「せっかく横浜まで来たんだし、中華街で飯でも食おうかな」

「いいなー。お土産《みやげ》買ってきてね。肉まんとか」

「さっき調べたら、みなとみらいにスーパー銭湯があったんだよ。温泉地から源泉を運んできてるし、露天風呂とか足湯もあってさ。サウナにも入りたいなあ」

「あ、そこ知ってる。屋上の足湯から夜景が見えるんだよね。観覧車がすぐそこで、港の夜景がすごくきれいなんだって」

話をしながら、絵里は機嫌よくシャンパンを飲む翼をちらりと見た。

独身時代に、彼と横浜デートをしたことは何度かある。この施設にはまだ行ったことがないので、いつかは一緒に楽しみたい。翼は夜景に興味はないと思うけれど、絵里が頼めばなんだかんだ言いつつも、つき合ってくれるだろう。

（それでいつの間にか、翼くんのほうが楽しんじゃったりして）

容易に想像ができてしまい、笑いを漏らす。そういうところも好きだなと思った。

絵里が翼と出会ったのは、十五歳のとき。

地元である埼玉の高校に入学すると、同じクラスに彼がいたのだ。

単なるクラスメイトから、よく話す関係に。そして気の合う友だちに。

友人としてつき合っているうちに、翼のほがらかな人柄や、責任感が強いところなどに少しずつ惹かれていった。想いを打ち明ける勇気はなかなか出せなかったので、卒業が近づいていたとき、翼のほうから告白してくれたことが嬉しかった。

『絵里は芸能事務所に入るんだっけ？』

『うん。モデルからはじめるけど、いつかは女優になれたらいいなって』

『そっか。おまえ、演劇部に入ってたもんな』

高校を卒業した絵里は、在学中にスカウトされた事務所に入り、芸能活動を開始した。

一方の翼は都内の大学に進学し、実家から通っていた。就職後は会社の寮に住んでいたので、ふたりで暮らすようになったのは、籍を入れてからのことだ。

「それにしても」

室内を見回した翼が、感嘆のため息をつく。

「スイートルームなんて泊まるの、はじめてだけど。こんなに豪華なんだな」

「すごいよねえ」

「絵里は仕事で泊まったことあるんだろ？」

「地方のロケでね。でも、そのときは仕事先の人が費用を出してくれたから」

自分で稼いだお金を使って、プライベートで宿泊するのははじめてだ。

数年前までは、遠出をしてもビジネスホテルに泊まるのが精一杯だったのに。ついにここまで到達したのかと思うと誇らしい。

猫番館のスイートは、リビング兼ダイニングがある部屋と、寝室が続き部屋になっている。布張りソファの背もたれには細かい彫刻がほどこされ、ファブリックに織りこまれた花模様が、高貴な雰囲気をただよわせていた。

ホテルの名にちなみ、猫足でそろえた調度品は、クラシカルな洋館ホテルにはよく似合う。天井から吊り下がっているシャンデリアも美しい。寝室のベッドは堂々のキングサイズで、ふたりでもゆったりと眠ることができそうだ。

ウェルカムドリンクはシャンパンだったし、雑事を頼めるバトラーサービスなるものまでついている。まさに至れり尽くせりだ。

「夕食も美味しかったよね」

「そうそう。ステーキもよかったけど、魚料理も最高だった」

「鱸《すずき》のポワレ？　旬だから脂《あぶら》が乗ってるって、支配人さんが言ってたね」

美味しいものを食べると、会話もはずむ。絵里と翼はシャンパングラスを手に、夕食の感想を語り合った。

「そういえば、翼くん。私が取材してる間は何してたの？」

「ちょっと昼寝してから、館内を見て回ってた。ロビーに猫がいたから、一緒に遊んだりもしたな。コンシェルジュの人がオモチャを貸してくれてさ」

「お出迎えしてくれた白猫ちゃん？　いいなー。私も遊びたかった」

「どっちかっていうと、俺のほうが遊んでもらったって感じだったけどな」

そんなことを言いつつも、翼の顔はゆるんでいる。よほど可愛かったらしく、デレデレだ。犬派の彼をそこまで骨抜きにするとは、なかなかの小悪魔である。

絵里は猫派なので、あの看板猫には最初からメロメロだ。いま住んでいるマンションはペット可だし、猫を飼ってもいいかもしれない。自分も夫も、実家では猫や犬を飼っており、動物と一緒に暮らす生活が恋しいのだ。

何はともあれ、夫もこのホテルで過ごすひとときを満喫しているようだ。

自分だけが楽しんでいるわけではないとわかって、ほっとする。

「こんなに素敵なホテルなのに、一泊しかできないなんてね」

「一泊でも予約ができてよかったよ。ほんとは満室だったんだろ？」

「うん。急にキャンセルが出たらしくて」

マネージャーの香月が取材の約束をとりつけたとき、窓口になったコンシェルジュの男性から、申し出があったそうだ。スイートルームが空室になったので、もしよければ宿泊してみないかというお誘いだった。

ネットで見たホームページによると、猫番館は横浜の山手に建つ、レンガ造りのお洒落な洋館ホテル。きれいな看板猫がお出迎えをしてくれて、評判のシェフが手がけるフランス料理が人気を博しているようだ。

名物である薔薇の季節は終わったが、四季折々の花が咲くイングリッシュガーデンもあるという。外観も内装もロマンチックで、一度は泊まってみたいと思わせる、魅力的なホテルだった。

その日は土曜で、翼も休み。

――これは絶好の機会ではないか。

そう思った絵里は、すぐさま二人分の宿泊を予約したのだった。

「……近場でもいいから、旅行がしたくて」

「え?」

首をかしげる翼に、微笑みかける。

「私たち、結婚してからまだ一度も旅行したことがないでしょ? それどころか、最後にふたりで旅行したのって、六年も前だし」

「言われてみれば……」

交際期間は十年。夫婦として過ごした時間は、ようやく一年。

これだけ長く一緒にいるのに、旅行をしたのは片手で数えられるほどしかない。

翼が大学生だったころは、一年に一度はどこかに出かけていた。

しかし彼が就職し、絵里も芸能活動とバイトが忙しくなってからは、なかなか休みが合わなくなってしまったのだ。旅行は遠のき、会う時間を確保するだけでも大変だった。

絵里が女優として売れてからは、翼との交際を隠すよう事務所に言われた。せめて人気が安定するまでは、恋人の存在を伏せるべきという方針だったのだ。交際を続けることは許してもらえたけれど、細心の注意を払えと厳命された。

旅行どころか、ふたりで外食をすることすらまともにできない日々。

すれ違いが続いて、ケンカが絶えない時期もあった。いっそ別れたほうがお互いのためになるのではないかと、夜中にひとりで泣いたこともあった。

苦しい日々を乗り越えて、めでたく結婚できたときはどれだけ嬉しかったか。

結婚式は、身内とごく親しい友人だけを招き、ささやかに行った。引き続き応援してくれるファンからの祝福も受け、ようやく報《むく》われた気分になった。

これからは堂々と、翼と並んで町を歩ける。どこかのカメラマンに写真を撮られたとしても、夫婦なのだから問題ない。

解放感はあったけれど、一年が経過しても、旅行は一度もできていない。

単純にスケジュールの都合で、長期の休みがとれないのだ。せっかくだから外国に行きたいし、南の島でのんびりしたいとも思うけれど。まとまった休みがとれるのは、だいぶ先になるだろうと言われてしまった。

だったら近場でもかまわない。翼とふたりで旅行がしたい。

そう考えていたとき、スイートルームの話が舞いこんできたのだ。

「新婚って、結婚一年くらいまでの間のことでしょ？」

ネットか何かで、そんなアンケートを見たことがある。

「二年も三年も待ってたら、新婚旅行じゃなくなっちゃう。だからそう言えるうちに、ふたりで旅行がしたいなあって。できれば二泊くらいはしたかったけどね」

束の間の新婚旅行《ハネムーン》。

一泊はあっという間だけれど、こんなに素敵なホテルで実現できたことが嬉しい。

「あ、でもいつかは絶対に、南の島にも行くからね？」

「わかってるって」

立ち上がった絵里は、翼の隣に腰を下ろした。

その肩にもたれかかると、夫は優しく自分の髪を撫《な》でてくれる。

「明日はちょっと早起きして、一緒に庭園を散歩したいな」

「早起きかぁ……。できるかな。この部屋のベッド、めちゃくちゃ寝心地よさそうだし」

「寝坊してもいいよ。ベッドでごろごろするのも、休日の醍醐味《だいごみ》だからね」

どんなことをしていても、ふたりで過ごせるのなら幸せだ。

絵里は満ち足りた気持ちで、ゆっくりと目を閉じた。

翌朝——
無事に早起きをした絵里と翼は、朝の光に包まれたイングリッシュガーデンを、ふたりきりで散策することができた。ローズガーデンのほうにも行ってみたが、やはり薔薇は咲いていない。

「夏に咲く薔薇もあるけど、ここには植えてないんだね」

「春と秋のほうが、咲く種類も多いんだろ。だから限定してるんじゃないか?」

ローズガーデンの中にある西洋風東屋《ガゼボ》では、数匹の野良猫がくつろいでいた。

きれいな毛並みの三毛猫が、絵里たちの姿を見て、可愛らしい鳴き声をあげる。

「なんだか挨拶《あいさつ》でもしてるみたいだな」

「そうなのかも。───おはよう、ミケちゃん」

「ニャー」

人慣れしているのか、どの猫ものんびりしている。逃げ出す気配もない。どうやらここは、猫も集まるホテルのようだ。

「ここ、ホームページで見たことある。ガーデンパーティーがあるときは、お花やリボンできれいに飾りつけるんだって。結婚式場にもそういうプランがあったよね」

「せっかくだから写真撮っとくか」

絵里と翼は猫たちと一緒に、ガゼボの前で記念写真を撮った。

早朝の静かな庭園を歩いていると、心の中まですがすがしくなってくる。幸せな気分で翼の腕に自分の腕を絡ませると、夫が安心したように言った。

「リフレッシュできたみたいだな」

「うん！」

散策から戻ると、ワゴンに載った朝食が運ばれてきた。

「おはようございます。今日も暑くなりそうですね」

そう言って笑顔を見せたのは、紗良だった。人前に出るからなのか、臙脂《えんじ》色のスカーフやキャスケット、短い前掛けを身につけている。彼女は「少々お待ちください」と言うと、慣れた手つきでテーブルセッティングを行った。

（うわぁ……）

無駄がなく、なおかつなめらかで優雅な動き。

その動作に見とれている間に、朝食の席がととのっていた。

パン職人として仕事をする姿も格好よかったが、ホテルのスタッフとして働く姿はエレガント。ああ、本当に理想的なヒロインだ。

「お待たせいたしました。どうぞお召し上がりくださいませ」

絵里と翼は席に着き、清潔な白いナプキンを広げた。膝《ひざ》の上にかけてから、磨きこまれた銀色のカトラリーを手にとる。

「いただきます」

バターの香りをただよわせたクロワッサンに、中身がとろとろのプレーンオムレツ。

しぼりたてのオレンジジュースは、頭をすっきりとさせてくれる。新鮮なサラダやカリカリのベーコン、果物の盛り合わせもしっかりいただく。

メニューの中に、目新しいものはない。それでもなんて美味しいのだろうか。

食後の珈琲《コーヒー》を飲んでいると、紗良はワゴンの下段に置いてあった紙袋に手を伸ばした。

にっこり笑いながら、絵里に向けて袋を差し出す。

「水無瀬さま。こちらはわたしからの、個人的なお土産です」

「お土産?」

「小野寺さまのぶんもありますよ」

受けとったのは、ホテルのロゴが入った紙袋。中をのぞいた絵里は、そこに入っていたものを見て「あっ」と声をあげた。

「黒糖くるみあんパンと、季節のフルーツデニッシュです」

絵里は大きく目を見開いた。

紙袋に手を入れ、透明な袋でラッピングされたデニッシュをとり出す。

黒糖くるみあんパンと並んで、気に入っていたもの。まさかお土産として持たせてくれるとは思わなかったので、おどろきを隠せない。

「デニッシュには、いまが旬のアプリコットを使いました」

「アプリコット！　夫が大好きなんです」

　つややかなオレンジ色の果実を見て、笑みがこぼれる。

「こちらのデニッシュは、成形した生地にアーモンドクリームをしぼり、アプリコットのシロップ漬けを載せて焼き上げました。材料と製法は和久井ベーカリーのものを踏襲《とうしゅう》しているので、なつかしい味と出会えるはずです」

　紗良はおだやかに微笑みながら続けた。

「和久井ベーカリーがなくなっても、わたしはこのホテルで、師から受け継いだパンをつくり続けます。あんパンとデニッシュをお求めの際は、ぜひまたご来館ください。お忙しいようでしたら、お取り寄せも承《うけたまわ》ります」

「通販もできるんですか⁉」

「表立っては受けつけていないんですけど、常連のお客さまからご依頼があったときはお送りしているんです。もしよろしければ、事務所のほうにお届けしますよ」

「ありがとうございます。すごく嬉しい……！」

　絵里は袋に入ったデニッシュを、そっと胸に抱いた。

　和久井ベーカリーのパンを、これからも食べることができる。

　そう思うと、心の底から活力が湧いてきた。

「……実は私、ちょっと疲れていたんです」

思わずこぼれ落ちたのは、夫にしか打ち明けたことのない本音だった。

「お芝居をするのは楽しいし、仕事も増えて、生活が安定したことはよかったんですけど……。世間が求める『水無瀬エリ』を演じないといけないことに、ストレスを感じていたんです。忙しすぎて、心に余裕がなかったからなのかな」

演技をすることに嫌気がさしていたせいで、新しいドラマの話が来ても、なかなかやる気を出せなかった。そんな自分に危機感を覚え、なんとかおのれを奮い立たせようと、これまで以上に役づくりに力を入れることにしたのだ。

「そんなときに、高瀬さんと出会ったんです」

真剣に仕事と向き合い、生き生きと働く姿を見ているうちに、演技に対する情熱が再燃した。紗良のようなパン職人を演じてみたいと、渇望することができたのだ。

――それから、もうひとり。

絵里の脳裏に浮かんだのは、小柄な料理人の姿。

彼はシェフの目を盗み、自分が水無瀬エリのファンだということを、こっそり教えてくれたのだ。脇役で出演した、十年も前のドラマのタイトルを聞いたときにはおどろいた。

そんなに前から応援してくれていたのかと。

どんなに小さな役であっても、存在する意味はある。

そう。意味はちゃんとあったのだ。彼の記憶にしっかり残ることができたのだから。

『水無瀬さん。パン職人のドラマ、放送を楽しみに待ってますね！』

女優を続けていてよかった。そのとき、心からそう思うことができた。

顔を上げた絵里は、紗良に向けて晴れやかに笑いかける。

「猫番館に泊まったら、疲れていた心が癒されました。本当にありがとう」

「こちらこそ、和久井ベーカリーのお話ができて嬉しかったです。いつかまた、ご夫婦で泊まりにいらしてください」

口元に笑みを浮かべた紗良は、絵里と翼に向けて丁寧に一礼した。

「またのお越しを、心よりお待ち申し上げております」

Tea Time

一杯目

どなたさまもごきげんよう。

ホテル猫番館《ねこばんかん》が誇る、麗《うるわ》しき看板猫。上品なふるまいと美貌《びぼう》で人々を魅了する、メインクーンのマダムでございます。

こうしてご挨拶《あいさつ》をさせていただくのは、六回目ですか。皆様方とのおつき合いも、長くなってきましたね。引き続きおしゃべりができることに、心から感謝しています。

可能であれば貴婦猫らしく、皆様方をローズガーデンにお招きして、優雅なティータイムを楽しみたい。おもてなしは大好きなのですが、なにぶん猫の身ゆえ、お茶会を開くことがむずかしく……。口惜しくはありますが、今回も他愛のないひとりごとに耳をかたむけていただければ幸いです。

――さて。それでは本題に入りましょう。

わたしがもっとも苦手とする季節は、いつだと思いますか？

それはもちろん、梅雨《つゆ》に決まっていますとも！

どんよりと曇《くも》った空。いつまでも降り続く雨。そしてどこへ行ってもまとわりついてくる、じめじめとした湿気。尋常ではない暑さの夏も好きにはなれませんが、梅雨のうっとうしさにくらべれば、まだマシだといえるでしょう。

親しくしている三毛猫の瑠璃《るり》さんは、軒下《のきした》で雨の音を聞くのが好きなのだとか。たしかに静かな雨音は、心を落ち着かせてくれますね。

雨の雫《しずく》に濡れた紫陽花《あじさい》は美しく、雨上がりの虹を見つけたときは、嬉《うれ》しい気持ちにもなります。悪いことばかりではないのですが、それらの美点がかすんでしまうほど、わたしは湿気が苦手なのです。

念入りに手入れをしている、やわらかでふんわりとした純白の毛皮が、湿気でベタつくあの不快感ときたら！　筆舌に尽くしがたいものがあります。

そしてここ、ホテル猫番館の従業員寮にも、憎き湿気と懸命に戦う者たちが――

「ああぁ、ほんと、なんだよこれ。コントじゃないんだからさぁ」

「前髪が……前髪が……」

六月の早朝、共用洗面所をのぞいてみると、大きな鏡の前でふたりの男女が絶望していました。料理人の早乙女《さおとめ》さんと、パン職人の紗良《さら》さんです。

天然パーマの早乙女さんは、爆発ヘア。紗良さんも前髪のうねりがひどく、なかなかの惨状《さんじょう》です。

個室には小型の洗面台があるのですが、こちらのほうが広くて使いやすく、音も響きにくいのでしょう。この時間はまだ、ほかのスタッフは眠っていますし、共同生活に騒音はご法度《はっと》ですからね。

早乙女さんが、洗面台の中に頭を突っこみました。水で髪全体を濡らしてから、ドライヤーをかける作戦のようです。その隣では、紗良さんがヘアアイロンを使って前髪を直していました。天然パーマと猫っ毛の彼らにとって、梅雨はまさに地獄《じごく》の季節。普段通りに髪をセットするだけでも一苦労のようです。

「シェフはいいよなー。直毛で」

「短髪ですし、セットの必要もなくて楽でしょうね」

「ずるいよなぁ……」

「ずるいですねぇ……」

なんということでしょう。いつもはほがらかで素直なふたりが、なんの罪もない隼介《しゅんすけ》さんに、みにくい嫉妬《しっと》の念を向けているではありませんか。気立てのよい彼らをこうまで変えてしまうとは、湿気とはかくもおそろしいものです。

髪質はそう簡単に変わるものではありません。早乙女さんも紗良さんも、子どものころから苦労してきたのでしょう。その気持ちはわたしにもわかります。

ともにつらい季節を耐え抜いて、梅雨明け宣言を待とうではないですか。

洗面所の入り口で、同志にひそかなエールを送っていたときでした。

ふいに気配を感じてふり向くと、そこにはTシャツにスウェットパンツ姿の要《かなめ》が立っていました。まだ起きる時間ではないはずですが、音が聞こえたのかもしれません。

寝起きだというのに、要の髪には寝癖のひとつもありません。あのふたりがうらやむこと間違いなしの、サラサラヘアです。

腰をかがめた要は、わたしの体を優しく抱き上げました。前脚《あし》が肩にかかるよう配置して、最大限に可愛《かわい》く見えるようにポーズをとります。

「早乙女さん、紗良さん、おはようございます」

はっとしてふり返ったふたりに、要がにこりと笑いかけました。その意図を察したわたしも、ゆっくりと小首をかしげ、ことさら愛らしい鳴き声をあげてみせます。

殺伐《さつばつ》とした空気が、一瞬で消え去りました。険しい顔をしていた早乙女さんと紗良さんの表情も、わたしの素晴らしい姿を見たとたんに、ふにゃりとゆるみます。

ああ、猫という生き物は、なんて偉大なのでしょう。

二泊目

愛妻家に乾杯

「今夜も雨になりそうですねえ……」

厨房《ちゅうぼう》の窓から空を見上げて、紗良《さら》は大きなため息をついた。

この時間はまだ降っていないのだが、空は灰色の雲で覆《おお》われている。天気予報の通りであれば、夕方ごろから降りはじめてしまうだろう。

「はあ……晴天が恋しい。あいかわらず湿気もすごいし」

「梅雨《つゆ》だからな」

淡々《たんたん》と答えたのは、調理台で夕食の仕込みをしている隼介《しゅんすけ》だった。くるりとふり返った紗良は、口をとがらせて言う。

「せめて今日くらいは晴れてほしかったのに。七夕《たなばた》ですよ?」

「だからなんだ」

「織姫《おりひめ》と彦星《ひこぼし》が会えなくなっちゃうじゃないですか」

「それがどうした」

「うう……。天宮《あまみや》さん、あいかわらずロマンチックのかけらもない」

――まあ、強面《こわもて》の彼がメルヘン的なことを言い出したら、それはそれで怖いのだが。

時刻は十五時六分。料理人の早乙女《さおとめ》は少し前に退勤し、叔父の誠《まこと》と調理助手のアルバイトは休憩をとっている。いま厨房にいるのは、紗良と隼介のふたりだけだ。

隼介がつくっているのは、おそらく白身魚のムースだろう。

ガラス製のボウルの中には、フードプロセッサーにかけた鯛《たい》のすり身に、溶き卵とバター、少量の塩を加え、さらに生クリームを合わせたものが入っている。隼介は料理用のヘラを使って、もったりとしたそれを混ぜていた。できあがったベースは、絞り袋でプリンカップのような型に詰め、オーブンで湯煎《ゆせん》焼きをすれば完成だ。

前に味見をさせてもらったことがあるのだが、舌ざわりがなめらかで、口の中でふわっと溶ける食感がたまらなかった。まさに「泡《ムース》」と呼ぶのにふさわしい口当たりだ。猫番館《ねこばんかん》ではテリーヌと同じく、前菜《オードブル》として提供している。

上にかけるソースは季節ごとに変えていて、味わいにバリエーションをつけている。メニューを記したホワイトボードには、「クーリ・ド・トマト」と書いてあった。詳しくは知らないけれど、その名の通り、トマトを使ったソースなのだろう。夏らしくさっぱりとした味になりそうだ。

ベースをつくり終えた隼介が、絞り袋の準備をしながら口を開いた。

「……このあたりだと、七夕に晴れることのほうが少ないだろう」

「そうなんですよ！　梅雨真っ盛りですものね」

話を続けてくれたことが嬉《うれ》しくて、紗良は声をはずませる。

「でも七夕って、昔は八月だったみたいですよ。明治のはじめごろだったかな? 旧暦から新暦に替わったときに、一カ月くらい早まったとかで。八月なら梅雨も終わっていますし、星がきれいに見える日が多いですよね」

「そういえば、北海道の七夕は八月だと聞いたことがある」

隼介が思い出したように言った。

「地域によっては、七月のところもあるらしいが……。たしか、札幌《さっぽろ》は八月だったような気がする。函館《はこだて》や根室《ねむろ》は七月だったか」

「北海道じゃないですけど、仙台《せんだい》の七夕まつりも八月ですよ」

「いまでも旧暦でやっているところは、少なからずあるんだろうな」

隼介の生まれは東京で、中学からは長野で過ごしたと聞いているが、北海道に住んだことはないはずだ。それでもかの地の七夕事情を知っているのは、数年前に別れた奥さんの出身地だからだろう。

元奥さんは現在、引きとった娘と一緒に札幌で暮らしている。来月にはきっと、六歳になった娘から、七夕の写真が送られてくるのだろう。隼介は子煩悩《こぼんのう》だし、愛娘《まなむすめ》からの連絡を心待ちにしているに違いない。

「神奈川で有名なのは、やっぱり平塚《ひらつか》の七夕まつりですよね」

「そうなのか」

「ええ。わたしは子どものころに、家族で行ったことがあります」

なつかしい光景がよみがえり、紗良は表情をほころばせた。

「いつだったか、りっくん———五つ下の弟なんですけど、人混みで迷子になっちゃったことがあって。さんざん捜して見つけたとき、あの子、ベビーカステラの屋台の前にいたんです。あれを食べてみたいってねだられたので、お小遣いで買ってあげました」

「ベビーカステラ……」

隼介が一瞬、遠い目をした。彼も昔、お祭りの屋台で美味《おい》しいものを食べた記憶があるのかもしれない。あのころのように、無邪気な子どもだった時代には戻れないとわかっているから、思い出すと胸の奥がきゅっとなる。

「あの甘い香りに引き寄せられたんでしょうね。いまでもわたしが実家に帰ると、ベビーカステラをつくってくれっておねだりしてくるんですよ」

「そこはパンじゃないのか?」

「わたしが焼いたパンは、お土産《みやげ》として持っていきますよ。弟は和菓子が好きなので、パンも和風のものを。黒糖くるみあんパンは鉄板ですね。あとはレトロ系のジャムパンや甘食かな。ハード系はかたいから苦手みたいですけど……」

そんなことを話していたとき、電話が鳴った。この音は内線だ。

「高瀬姪《たかせめい》」

「了解です！」

阿吽《あうん》の呼吸で、紗良は電話のほうへと向かった。

最近は隼介が皆まで言う前に、彼の意図を察することができるようになりつつある。そんな隼介の、仕事におけるベストパートナーの座を虎視眈々《こしたんたん》と狙っているのだが、ライバルの早乙女はなかなかの強敵だ。

「はい、厨房です」

『高瀬さんですか？　お疲れ様です』

受話器から聞こえてきたのは、低めの落ち着いた男性の声だった。支配人の岡島《おかじま》だ。

『ルームサービスのご注文が入りました』

紗良は電話の隣に置いてあるペン立てから、ボールペンを引き抜いた。メモ用紙も引き寄せると、ふたたび支配人の声が聞こえてくる。

『ご注文はチーズトーストと、グラスワインの赤がふたつずつ。お部屋は一〇三号室ですが、今回は手が空いているので私がお届けします。用意ができましたら、フロントまでお知らせください』

「わかりました」

『では、よろしくお願いしますね』

一〇三号室はツインルームだから、二名で宿泊しているのだろう。夕食まではまだ時間があるし、ルームサービスは小腹を満たすのにはちょうどいい。軽食やおつまみのほかにも、パスタやオリジナルビーフカレーも提供しており、連泊しているお客が昼食用に注文する場合が多かった。

(ワインとおつまみでひと息か……。うらやましい)

電話を切った紗良は、さっそく準備にとりかかった。

チーズトーストに使うバゲットは、朝方にまとめて焼いたものを、ルームサービス用にとってある。紗良はまず、固形のパルメザンチーズをすりおろして粉状にした。みじん切りにしたバジルとチーズを混ぜ、バターを塗ったバゲットにたっぷりかける。

(これをトースターで焼いて……)

バゲットの上でチーズがとろけ、バジルの香りと混ざり合うと、食欲をそそる匂いがただよってくる。おろしたニンニクを使えばガーリックトーストになるし、モッツァレラチーズとトマトソースを合わせれば、ピザ風に仕上がるだろう。バゲット自体に癖はないから、いくらでもアレンジできる。

トーストができるまでの間に、紗良は冷蔵庫から保存容器をとり出した。つくり置きのポークリエットを、ココット皿に盛りつける。

リエットは、豚肉とラードをじっくり煮込み、やわらかくほぐした肉をペースト状にした、フランスの伝統的な保存食だ。濃厚な味わいで塩気もきいているので、ワインのお供にぴったりの一品である。バゲットとの相性もよく、上に載せて食べると美味しい。

(これで完成!)

紗良はこんがりと焼けたチーズトーストの横に、ココット皿を添えた。

準備ができると、フロントに連絡をする。

「ルームサービスの支度が終わりました」

『承知しました。すぐに行きます』

それから一分もたたないうちに、支配人が厨房にやって来た。

「お疲れ様です。いつものことながら、いい匂いですね」

微笑《ほほえ》んだ支配人は、今日も完璧に身なりをととのえていた。

仕立てのよさそうなスーツの生地は、コンシェルジュの要《かなめ》と同じもの。支配人の上着はダブルボタン、要とフロントスタッフは、シングルボタンで区別されている。重厚感のあるクラシックな装いが、執事然とした支配人にはよく似合う。

丁寧に撫《な》でつけた髪には白髪がまじっているけれど、むしろ渋さがにじみ出ていて素敵だ。歳《とし》は五十七、八くらいだっただろうか。同じ五十代でも、驚異的に若々しく見える叔父とは違って、支配人の外見は年相応だ。

優雅な物腰に、何が起きても動じない精神。支配人は年齢を重ねた者にしか出すことのできない、大人の余裕にあふれている。ロマンスグレー、ダンディという言葉がこれほど似合う人もそうはいないだろう。実はバイク乗りでお祭り好き、イベント時にはノリノリでコスプレ姿を披露するようなところも、意外性があって魅力的だ。

「こちらです」

紗良の案内で、支配人はルームサービス用のお洒落《しゃれ》なワゴンに近づいた。

その上に置いてあるのは、ドームカバーをかぶせたチーズトーストと、赤ワインのボトル。そしてふたつのグラスだ。客室に到着したら、支配人がグラスにワインをそそいで提供することになっている。

料理とワインを確認した支配人は、満足そうにうなずいた。

「はい、けっこうです。ではお運びしますね」

支配人がワゴンの持ち手に触れたとき、叔父が休憩から戻ってきた。支配人の姿を見ると、「岡島さん」と呼びかける。

「例のもの、できましたよ」

「おお、ありがとうございます。忙しいのに申しわけない」

「いえいえ。大事な記念日なんでしょう？　これくらいの協力は惜しみませんよ」

嬉しそうに声をはずませる支配人に、叔父は笑顔で答える。記念日ということは、何かイベントでもあるのだろうか。

「岡島さん、退勤は何時でしたっけ？」

「十八時です」

「じゃ、そのあとにとりに来てください。形はおまかせとのことだったので、できる限り趣向を凝《こ》らしてみましたよ。翠《みどり》さんもよろこんでくれると思います」

「それは楽しみですねえ」

支配人がワゴンを押して厨房から出ていくと、紗良は叔父に問いかけた。

「ねえ叔父さま、例のものって？」

「ケーキだよ。結婚記念日のオーダーケーキ。つくってくれないかって頼まれて」

ホテルという場所は、特別な日を過ごすときに使われることも多い。

記念日を祝ったり、プロポーズの舞台にしたり。猫番館では事前に予約をすれば、叔父がデザインから起こしたオリジナルのケーキを頼むことができる。

「今日が三十回目の記念日なんだってさ」

「ということは、七夕が結婚記念日なんですね」

「ゾロ目は覚えやすくていいよな。男はそういうの忘れることが多いし。俺も若いころは気にも留めてなかったから、何度彼女に怒られたことか……」

叔父は大げさに肩をすくめる。

「支配人は叔父さまと違ってマメな方だもの。若いころから、そういうことはしっかり覚えていらしたと思いますけど」

「気配りができる男はモテるんだよなあ」

うらやましげに言っているが、叔父は魅力的な男性なので、いまでも女性にもてる。

独身貴族が性に合っているらしく、子どもがほしいとも思わないから、今後も結婚をするつもりはないようだ。それはそれで楽しそうだし、充実した人生だろう。

「気配りといえば、要もそうか。ホテリエは天職だよな」

――要さん。

何気ない叔父の言葉が、紗良の心をざわつかせる。

友人の愛美《まなみ》は、現時点で要にいちばん近いところにいるのは紗良だと言った。でもそれは、紗良の一方的な話を聞いた上で思ったことにすぎない。

紗良が知っているのは、あくまで仕事上の要だけ。

プライベートの交友関係までは知らないし、教えてほしいとも頼めない。恋人はいなくても、女性の友人や知人はいるだろう。人当たりがよく、気配りも完璧。そんな男性がフリーであれば、まわりの女性が放っておかないのでは……？

（ど、どうしよう。やっぱり仕事以外でもアプローチをしたほうがいいのかな）

せっかく愛美が落ち着かせてくれたのに、また不安になってしまった。誰かを好きになると、こういった浮き沈みもよくあることなのだろうか。

自分の気持ちを持て余していると、それまで無言だった隼介がつぶやいた。

「結婚三十周年か。想像もつかないな」

「天宮さん……」

「どうやったらそこまで長続きするのか……。俺にはわからん」

結婚はしたものの、数年で離婚に至った彼には、いろいろと思うところがあるのかもしれない。すべての夫婦が添い遂げるわけではないし、離婚も自由だからこそ、岡島夫妻のように長く続いているのはすごいことなのだろう。

「そういえば、叔父さま」

「んー？」

「支配人の奥さまとお知り合いなんですか？　さっき名前で呼んでいたでしょう」

「ああ、翠さんか。彼女、猫番館で働いてたことがあるからな」

「ええっ」

おどろいたのは紗良だけではなかった。初耳だったのか、隼介も目を見開いている。

「夫婦でオープニングスタッフになってくれたんだよ。岡島さんが支配人で、翠さんは客室係。紗良には前に、当時の集合写真を見せたことがあったよな？　そのとき岡島さんの隣にいたのが翠さんだよ」

「そうだったんですか……。うう、でも憶《おぼ》えていません」

あのときは、叔父とオーナーの本城《ほんじょう》氏に注目していたのだ。だから支配人の隣に誰がいたのかまでは記憶になかった。寮に帰ったらもう一度見せてもらおう。

「翠さんは、独身時代から客室係をしてたんだよ。その経験を買われたみたいだな」

「なるほど……」

「猫番館では五年くらい働いてたっけな。辞めたのは病気が原因で……」

あごに手をあてた叔父は、記憶をたぐるように宙を見つめる。

「幸い病気は治ったし、いまは元気だよ。まあそんな縁があって、猫番館に新しい客室係が入ったときは、翠さんに新人研修を依頼してるんだ」

「え、いまでも？」

「ああ。彼女、客室清掃のプロだから。このまえ久しぶりに新人が入ったし、近いうちに館内で研修するんじゃないか？」

叔父はそこで話を切り上げ、仕事に戻った。

（支配人の奥さまかぁ……）

バゲット生地を載せた天板をオーブンにセットしながら、紗良はさきほどの話を頭の中で反芻《はんすう》した。

支配人の愛妻で、バイク仲間でもあり、客室清掃のプロだという女性とは？

イメージしようとしたものの、なんだか想像がつかない。けれど興味はとてもある。

（部署は違うけど、研修のときに会えたらいいな）

そんなことを考えつつ、紗良はオーブンのスイッチを押した。

「あれー？　支配人、今日出勤だったんですね」

十八時少し前。フロントにやって来たアルバイトの青年が、岡島克巳《かつみ》を見るなりおどろいたような声をあげた。去年から働いている、大学生の梅原《うめはら》だ。

「駐車場にバイクがなかったから、休みかと思いましたよ」

(ああ、そういうことか)

首をかしげていた克巳は、納得して微笑んだ。

自分は普段、愛車のバイクで通勤している。梅原は自転車通勤で、ともにスタッフ用の駐車場の片隅《かたすみ》に停めているのだ。今日は克巳のバイクがなかったから、公休日なのかと勘違いをしたのだろう。

「バイク、故障でもしたんですか?」

「いえ、今日は車通勤でして。水色の軽があったでしょう?」

「あのレトロっぽくて可愛《かわい》いやつですか?　あれ、支配人の車だったんですね。見たことない車が停まってるなーと」

「バイクでは運べないものがあるのでね。今日だけですよ」

視線を動かした克巳は、ロビーに飾られている立派な笹に目を向けた。

猫番館の笹は、毎年オーナーの本城氏が調達してくる。飾ってある間はチェックインの際、宿泊客に短冊《たんざく》を渡し、自由につけることができるイベントを行っていた。笹には色とりどりの短冊が飾られており、願いごとが記されている。

(昔はうちでも笹を飾っていたが……)

息子たちが幼いころは、岡島家でも小さな笹を手に入れて、ささやかなイベントを楽しんでいた。

新しいゲームソフトがほしいだの、漫画の全巻セットを買ってくれだの、誕生日かクリスマスにねだりなさいと言いたくなるような短冊を飾っていたのも、いまではいい思い出だ。あのころは毎日がにぎやかで、静寂とは無縁だった。家の中で落ち着いて過ごせるのはいつになることやらと、嘆いていたのもなつかしい。

視線を戻した克巳は、手元の大学ノートを開いた。

「では梅原くん、申し送りをはじめましょうか」

「はい」

梅原がカウンターの中に入ると、克巳はシニアグラスをかけた。

年寄りになったようで嫌なのだが、これがないと近くの文字が読みにくい。精一杯の抵抗で、デザインは洒落たものを選んだ。ブルーライトカットもできて機能的だ。

ノートの文字がはっきり見えるようになってから、連絡事項を読み上げていく。

「本日は二十一時より、二〇七号室で記念日サプライズの予定があります。本城くんはその準備で忙しく、ほかにも仕事があるので、呼び出しは控えてほしいとのことです」

「わかりました」

「不測の事態が起こったときは、オーナーの指示を仰いでください。今夜は泊まりで仕事をされるそうなので、オーナー室か携帯にかければつながります」

「了解です!」

「それから二〇一号室の林《はやし》様。常連のお客様で、ルームサービスで珈琲《コーヒー》を頼まれる可能性が高いです。ブラックがお好みなので、ご注文があった際は、砂糖とミルクはおつけしないように。余計なものを添えると、ご機嫌をそこねてしまう恐れがあります。お客様のほうから申し出てはこないので、注意してくださいね」

「ええ……。気むずかしそうだなあ」

頰《ほお》を引きつらせる梅原に、克巳は「大丈夫ですよ」と笑いかけた。

「その一点に気をつけて、あとは普段通りに接客をしていれば、ご不興を買うことはないでしょう」

「だったらいいんですけど……」

「珈琲の件も、いちいち申し出なくても、このホテルなら希望通りにしてくれるという期待があるからなんですよ。常連のお客様は多かれ少なかれ、当館にそういった期待を抱いてくださっています。とても光栄なことですね」

梅原の緊張をほぐすため、克巳はおだやかな声音《こわね》で続ける。

「梅原くん。サービスとホスピタリティの違いを説明できますか？　最初の研修で教えたと思いますが」

「えっ。えーと……。なんだったっけ……」

「ではもう一度、おさらいしてみましょうか。ホテルでたとえるなら、料金に見合った客室とお食事を提供するのがサービスです。マニュアルに則《のっと》った接客もそうですね。一定のお給料をもらっている以上、その報酬《ほうしゅう》に釣り合う仕事を行うのは、社会人としてあたりまえのことです」

「はい」

「ホスピタリティは、そこからさらに深く踏みこんだ領域です。マニュアル通りの仕事なら、誰にでもできます。一流のホテリエは、ひとりひとりのお客様の心に寄り添い、言葉にされない潜在的な期待にも応《こた》えられる。対価の有無は関係なく、お客様のために心を尽くす。それがホスピタリティ――真のおもてなしだといえるでしょう」

「ひええ……。むずかしそうですね」

「もちろん、簡単なことではないですよ。よかれと思ってしたことが、お節介とみなされてしまうこともありますからね。その境界を見極めるのも、能力のひとつです」

申し送りが終わると、時刻は十八時を過ぎていた。

克巳は連絡用のノートを閉じ、梅原に託す。

「では、お先に失礼しますね。あとはよろしくお願いします」

「お疲れ様でした！」

フロントを離れた克巳は、事務室に向かった。すでに夕食がはじまっており、その香りが空腹を刺激する。

（まずは着替えてから、ケーキを受けとりに厨房へ。それから花屋に寄って……）

今日は大事な結婚記念日。自宅では妻の翠が、夕食をつくって待っている。

頭の中で予定を組み立てながら、克巳は事務室に足を踏み入れた。事務員の泉《いずみ》は退勤しており、要はコンシェルジュデスクにいるので、中は無人だ。

整頓《せいとん》された自分のデスクに近づくと、そこには一枚のメモが置いてあった。

『支配人へ
お疲れ様です。八月の休み希望がありましたら、明日までに提出願います。本城』

「おっと、忘れてた」

目をぱちくりとさせた克巳は、自分の頭をぽんと叩いた。

フロントスタッフのシフトを組んでいるのは、コンシェルジュの要だ。

オーナー夫妻の息子でもある彼は、将来のホテル猫番館を背負って立つ者。克巳が定年退職をしたあとは支配人となり、いずれはオーナーになるであろう人物だ。

要が猫番館で働くことになったとき、克巳は彼の教育係をまかされた。本城氏から、息子を立派なホテリエに育ててほしいと頼まれたのだ。「岡島さんなら安心しておまかせできます」と言われたら、腕が鳴るというもの。

克巳には三人の息子がおり、長男は奇《く》しくも要と同い年。

ひとりのホテリエとしてはもちろんだが、同年代の息子を持つ父親としても、本城氏の期待に応えたい。そう思った克巳は、要の教育に情熱をそそいだ。

外資系のホテルに勤務していたこともあり、要のサービス技術は一定のレベルに達していた。一方で合理的すぎる傾向も見受けられたため、意識を改めさせる必要があった。それらのことを踏まえ、克巳はサービスからさらに踏みこんだ領域――すなわち一流のホテリエに不可欠な、ホスピタリティの神髄《しんずい》を教えたのだ。

あれから数年が経過した現在、要はどこに出しても通用するホテリエに成長した。彼が後継者になるのであれば、猫番館の未来は安泰だろう。

(八月の休みか……。繁忙期だし、連休はやめておこう)

克巳は退勤の打刻をしてから、事務室を出た。

一階の隅にある更衣室のドアを開けると、揚げ物の匂いが鼻先をくすぐった。スパイスの刺激的な香りもする。

「おや、桃田《ももた》くん。お疲れ様」

「……」

大きく目を見開いた青年が、我に返ったように頭を下げた。口の中にものが入っているため、声を出せないらしい。

スツールに腰かけてカレーパンをむさぼっていたのは、梅原と同じくアルバイトの大学生だった。無邪気で人なつこい梅原に対して、桃田は硬派で大人びている。そんな彼が口いっぱいにパンを頬張っている姿など、なかなか見られるものではない。

ペットボトルの水でパンを流しこんだ桃田は、あわてた様子で口を開いた。

「お、お疲れ様です。こんなところですみません」

「いえいえ。お腹《なか》がすいていたんでしょう？　気にせずゆっくり食べなさい」

桃田は食堂でウェイターをしているが、今日はその制服ではなく、コックコートを身につけていた。厨房の人手が足りないときは、調理助手として働くこともあるらしい。彼はシェフの隼介に気に入られているから、待遇もよいのだろう。

「桃田くんは休憩中ですか?」

「いえ、さっき上がりました。試作中のカレーパンをもらったので、つい……」

カレーパンのかけらがついた口の端をぬぐいながら、桃田は照れくさそうに言った。

家に帰るまで我慢できなかったのだろう。食欲旺盛《おうせい》な若者らしくて微笑ましい。

「あのお嬢さんがつくるパンは、どれも美味しいですからねえ。私もたまに社販で買わせていただくのですけど、妻も息子もよろこんでくれて」

話をしながら、克巳は自分のロッカーを開けた。

手早く着替えをすませると、桃田が遠慮がちに声をかけてくる。

「あの、支配人」

「はい?」

「ずいぶん気合いが入ってますけど……。高級レストランにでも行くんですか?」

仕事中は制服着用なので、通勤の服は自由に選べる。克巳はバイク通勤のため、普段は私服の上からライダー用のジャケットを着ていた。プロテクターが内蔵されたジャケットは、事故などで転倒したとき、身の安全を守ってくれる。

それが今日に限って、とっておきの三つ揃《ぞろ》えに袖《そで》を通しているのだ。どこかに出かけるのかと思うのも当然だろう。

――だが。

「家に帰るだけですよ」

「え？　でも」

「イベントは全力で楽しんだほうが得でしょう？　たとえ舞台が、築二十五年の古びた建売住宅であろうとも。まずは服装から入るのが、私のスタンスでしてね」

「は、はあ……」

「それではお先に失礼します」

にっこり笑った克巳は、首をかしげる桃田をよそに、軽やかな足どりで更衣室をあとにしたのだった。


厨房でケーキを受けとり、生花店に寄ってから自宅に帰ると、時刻は十九時半を過ぎていた。道路も少し混んでいたし、多少の遅れはしかたがない。

「ふう……」

車を車庫に入れた克巳は、シートベルトをはずして表情をゆるめた。職場も居心地がよいのだが、住み慣れた我が家の安心感にはかなわない。

岡島家があるのは、保土ヶ谷区《ほどがや》。横浜市《よこはま》のほぼ中央に位置する区で、かの有名な東海道五十三次《つぎ》の、四番目の宿場町があった場所でもある。

正月の箱根《はこね》駅伝で走る国道一号線も通っており、昔は息子たちを連れて、沿道までよく応援に行った。横浜駅に近く、交通の便も良好。坂は多いが、慣れてしまえばどうということもない。治安も悪くないので気に入っている。

そんな町で一戸建てを購入したのは、いまから二十五年前のこと。坂の中腹にあり、庭は狭く、三十年のローンも組んだけれど。夢のマイホームを手に入れたことが嬉しくて、誇らしい気持ちになった。

「さてと」

ふところから手鏡を出した克巳は、軽く身だしなみをととのえた。車から降りると、ケーキの箱と生花店で購入したものを手にして玄関に向かう。

地道に仕事をしながら、ローンを払い続けること二十五年。

残額が減っていくと同時に、新築だった家は少しずつ古くなっていった。自分と妻は歳をとり、大人になった息子たちは、この家から巣立っていった。現在、ここに住んでいるのは自分と妻、そして十九歳になった末息子の三人だ。

その末息子もいずれは、家を出ていく日が来るのだろう。

老朽化《ろうきゅう》した家に残されるのは、子育てをやり遂げて老いた夫婦。それはゴールであると同時に、あらたなるスタートでもある。

数十年ぶりに戻ってくる、夫婦だけの生活。

代わり映えのない毎日でも、平穏無事に過ごせるのならじゅうぶんだ。

しかし人は、それがいかに贅沢《ぜいたく》なことなのかを忘れてしまう。平穏は退屈を招くのだ。

そんなときに必要なもの。それは——

チャイムを鳴らして少し待つと、ドアが開いた。

「お帰りなさーい」

出迎えてくれた妻の翠に、克巳は笑顔で一輪の薔薇《ばら》を差し出した。

透明なフィルムでラッピングをして、リボンで飾った深紅《しんく》の薔薇。花束も美しいが、こうしてスマートに渡せる一輪も、品があって洒落ている。

「これは翠さんに。結婚三十周年の記念と、日頃の感謝をこめて」

「あらまあ！　あいかわらずロマンチストだこと」

そんなことを言いながらも、翠は嬉しそうな表情で薔薇を受けとってくれた。ケーキが入った箱も渡すと、「楽しみだわぁ」と声をはずませる。ケーキをつくったパティシエの腕は、彼女もよく知っているのだ。

「ところでそのスーツ、どこから引っぱり出してきたの？」

「クローゼットの隅にしまってあったよ。十年前に着たきりだけど、傷《いた》んではいなかったから。ウエストは少しきついけどね……」

「ふーん。体形はそんなに変わってないと思ったけど、やっぱり多少は太ったのね」

「ちょっとだけだよ。本当に微々たる程度」

「はいはい。そういうことにしておきましょうか」

靴を脱いで家に上がると、台所のほうからいい匂いがただよってきた。翠の仕事は休みだから、克巳がリクエストした夕食をつくってくれたのだろう。

「尚人《なおと》は？」

「バイト中。今日はいつもより一時間長いみたいよ」

末息子の尚人は、四月から専門学校に通っている。理学療法士の資格をとって、リハビリ関係の仕事に就きたいのだという。

上のふたりは大学に行き、学費は自分と妻が働いて用意した。尚人の学費も同じようにして工面する予定だ。子どもが三人だと教育費も膨大だが、将来の夢があるのなら、それをかなえるために必要なお金は出してやりたい。学校を卒業して社会人になるまでは、学費と生活費を保障するのが親のつとめだ。

「お風呂はどうする？　先に入るなら沸かすけど」

「まずはご飯にしようかな。お腹もすいたし」

洗面所に行ってからリビングに入ると、ダイニングテーブルの上にはできたての夕食が並べられていた。

「おお……！」

寿司桶《すしおけ》に盛りつけられているのは、穴子《あなご》を使ったちらし寿司。

鶏肉《とり》の竜田《たった》揚げは、片栗粉をたっぷりまぶして揚げられている。くし切りにしたすだちと大根おろしも、しっかり添えられていた。枝豆の塩茹《ゆ》でに、海老《えび》と三つ葉のお吸い物も若いころからの好物だ。

「美味しそうだなぁ」

「美味しいわよー。克巳さんの好物なら、三十年も前からつくってるもの」

翠は自信満々に胸を張る。

「来週は、克巳さんが私の好物をつくってね」

「もちろんだとも。煮込みハンバーグならお手の物だ」

来週は翠の誕生日。贈り物は真珠婚になぞらえて、パールのイヤリングを購入した。彼女に似合うデザインだと思うし、よろこんでくれると嬉しい。

その次の週は、翠とふたりでツーリングに出かける予定だ。

湘南《しょうなん》の海沿いをバイクで走り、箱根まで行ってゆったり過ごす。夏の一三四号線は混みやすいから、平日の早朝に出発するつもりだ。

海風を感じながら愛車を走らせ、日帰り温泉で疲れを癒《いや》す。宿泊をともなう旅行ではないけれど、いまから心待ちにしている。夏休みの繁忙期を控えているし、乗り切るための気力を充填《じゅうてん》しておかなければ。

食卓につくと、翠が冷蔵庫から缶ビールを出した。中身をグラスにそそいでくれる。

乾杯をしてから、克巳はグラスに口をつけた。クリーミーな泡に、ホップの苦味。キンキンに冷えたビールが喉《のど》を通っていく、その爽快《そうかい》感は最高だ。

「くぅ――――！　これよこれ！　夏って感じ！」

「たまらないねえ」

半分ほどを喉に流しこみ、大きく息を吐くと、翠がおかしそうに笑った。

「その格好でビールって、なんだかミスマッチな感じね。ワインのほうが似合いそう」

「はは、たしかに」

フランス料理店にでも行くかのような服装の克巳に対して、翠はラフなTシャツにワイドパンツだ。豪快にビールを飲むなら、気負わない格好のほうが合うのだろう。

「ワインも悪くないけど、いまの時季はビールがより美味しく感じられるからね。つい手が伸びてしまうよ」

「ビアガーデンとかいいわよねー」

「夏の風物詩だね。そういえば、最近は行ってないなあ……」

なんてことのない話をしながら、克巳と翠は夕食を平らげていく。

こうして妻とのんびり夕食をとれる日は、実は少ない。

克巳はホテリエひとすじ、三十余年。この仕事はシフト制で、変則的だ。早朝に出勤する日もあれば、夜勤のため、夕方過ぎに家を出ることもある。土日が休みになることはめったになく、盆暮れ正月、ゴールデンウイークはほぼ出勤。翠も仕事をしているし、尚人も成長したので、食事は各自で好きなときにとっている。

結婚記念日や誕生日も、必ず休みがとれるわけではない。ここ数年はお祝いも簡単にすませており、外食に行くことも減っていた。だからこそ、節目の年である今回は、思い出に残るイベントにしたかったのだ。

洒落たレストランを予約しようかとも思ったが、翠は自宅がいいと言った。家なら時間を気にせずに、ゆっくりおしゃべりができるからと。克巳はそこに「非日常」のエッセンスを加えたくて、一張羅《いっちょうら》と薔薇を用意した。

非日常──

それは退屈な日々に刺激を与え、明日への活力にもなる、一服の清涼剤だ。

克巳はガラスの一輪挿しに飾られた薔薇を、じっと見つめた。かぐわしい薔薇が一輪あるだけで、生活感にあふれた家の食卓が一気に華やぐ。こうした小さな心遣いでも、非日常を演出することはできるのだ。

「ごちそうさまでした。こんなに飲んだのは久しぶりだなぁ」

「克巳さん、ケーキ食べましょ。ケーキ！」

アルコールで陽気になった妻にせがまれ、克巳は冷蔵庫から箱を出した。中からケーキを出した瞬間、「あらー！」と歓声があがる。

「可愛いじゃないの。さすが高瀬さん、女心がよくおわかりだこと」

「オーダーケーキだし、普通に買えば高いんだろうなあ。お祝いだからって、ずいぶん安くしてくれたんだよ。ありがたいね」

パティシエの誠がつくってくれたケーキは、小ぶりの赤いハート形。

表面はつややかなナパージュでコーティングされており、ラズベリーやブラックベリーで飾りつけられている。ホワイトチョコのプレートには、「30th Anniversary」という英字が美しい書体で綴《つづ》られていた。

「見てよこれ。バイクの飾りまでついてるわ」

「マジパン細工か。凝ってるなあ」

　克巳と翠は、みごとな出来栄えのケーキをまじまじと見つめる。

　マジパンとは、砂糖とアーモンドの粉末を練り合わせてつくられる洋菓子だ。さまざまな形に加工することができるし、色も自由につけられる。今回は克巳と翠の趣味に合わせて、バイクの形にしてくれた。丁寧な細工に見とれてしまう。

「なんだか食べるのがもったいないな」

「あら、ケーキは美味しく食べるためにあるのよ？」

　言いながら、翠はテーブルの上に置いてあったスマホを手にする。

「でも、写真は撮っておこうかしら。思い出として」

「いい記念になるね」

「自撮りもしなきゃ。ほら、克巳さんも入って」

　翠のスマホで何枚か写真を撮ってから、克巳はケーキにナイフを入れた。

　猫番館ではスイートルーム以外でも、予約をすればシャンパンやホールケーキを客室に届けるサービスを行っている。別料金になるが、誕生日やプロポーズなどのサプライズに使われることが多く、人気を博していた。

客室に運んだホールケーキを切り分けるのは、フロントスタッフかベルスタッフ。克巳も手が空いているときは担当しており、ケーキカットには慣れている。

「どうぞお召し上がりくださいませ」

「ふふ、ありがとう。いただくわ」

畏《かしこ》まった言葉がけに、気取った返事。ふとした拍子にホテルごっこをして遊ぶのも、ささやかな楽しみだ。

「――そうだ。翠さん」

甘酸《あまず》っぱいフランボワーズ味のケーキを食べていた克巳は、ふいに顔を上げた。

「客室係の新人研修、今月の休館日でも大丈夫かな？」

「いいわよ。その日は私もお休みだから」

克巳がホテルにおける接客のプロならば、翠は客室清掃のプロである。

自分たちは若いころ、同じシティホテルで働いていた。

新卒の同期入社で、克巳はフロント、翠は客室係にふり分けられたのだ。はじめは単なる同期のひとりだったが、同じ趣味を持つことがわかってからは急速に親しくなり、交際に発展した。

（身近でバイクが好きな女性に出会ったのは、はじめてだったからなぁ……）

翠のほうも、自分の趣味を理解してくれた異性は、克巳がはじめてだったとか。彼女のまわりでは受けが悪かったそうだが、実に見る目がないと思う。

もはや運命としか思えず、結婚まではトントン拍子に進んでいった。

翠は結婚後も仕事を続けていたが、第一子の妊娠をきっかけに退職した。それから十年ほどは専業主婦をしていたけれど、猫番館のオープンを機に、ふたたび客室清掃の仕事をはじめたのだ。

猫番館は病気で辞めたが、回復後は派遣会社に登録し、同じ仕事に就いた。いろいろなホテルで働いてみたいとのことで、一定の期間で契約ができて、縛りのない派遣は合っているようだ。経験豊富でスキルも高いため、猫番館では新しい客室係を雇ったとき、翠に基本的な研修を依頼している。

「新しい人、決まってよかったじゃない」

「前から募集していたんだけど、なかなか採用まで至らなくてね。やっと条件に合う人が来てくれて」

「猫番館に行くのって久しぶりだわー。マダムは元気?」

「元気だよ。梅雨の湿気にうんざりしているみたいだけどね」

克巳は苦笑しながら、紅茶のカップに口をつけた。

「そうそう。実は、翠さんにひとつお願いが」

「なあに?」

「パン職人の女の子から、研修を見学できないかって頼まれたんだ。どうだろう?」

翠はきょとんとした顔になった。不思議そうに首をかしげる。

「それはかまわないけど……。なんでパン職人の子が? 客室係に鞍替《くら》えするってわけでもあるまいし」

翠の疑問はもっともだ。克巳も本人に同じ問いかけをした。

「単純に、客室清掃に興味があるみたいだよ。たしかに同じホテルで働いていても、別の部署の仕事をじっくり見られる機会はあまりないからね。休館日ならお客さんも泊まっていないし、絶好の機会だと思ったらしくて」

誠の姪でもある彼女は、とても仕事熱心な女性だ。好奇心も旺盛で、パン以外のことでも、興味を抱けば知りたがる。その前向きな姿勢は好ましい。

「なるほどね」

翠は納得したようにうなずいた。

「どんな理由でも、興味を持ってもらえるのは嬉しいわ。見学させてあげましょう」

「よかった。ありがとう」

ほっとする克巳に、翠は「ただし」と続けた。にこりと笑う。

「ひとつだけ、条件をつけてもいいかしら？」


七夕から数日後の、休館日――

「リネン類はこの中に入れてね。ひどい汚れやほつれがあったら別にして」

「はい」

前日に使用されたリネンの山が、大きなカートに積み上げられる。

バスタオルにフェイスタオル。バスローブにバスマット。そして枕カバーにシーツなどのベッド用品。これらはすべて回収してクリーニングに出す。

「タオルは一枚だけほつれてました。あとは大丈夫です」

「よくできました。これで一部屋、完了よ」

すべての作業が終わると、その女性は満足そうにうなずいた。

仕事の邪魔にならないよう、隅で見学していた紗良は、清掃が終わった室内をあらためて見回した。思わず感嘆のため息が漏れる。

（すごい……！）

二台のベッドが並んだ、チェックアウト後のツインルーム。

少し前まで雑然としていた客室は、短い時間で魔法のようにきれいにととのえられていた。もちろんそれは魔法ではなく、目の前に立つ女性の力によるものだ。

――これが猫番館のオーナーにも認められた、ベテラン客室係の実力か……。

「ちょっと時間がかかっちゃったけど、研修だからいいわよね」

「えっ!」

「こんなにはやいのに⁉」

あっけらかんとした言葉を聞いて、紗良と新人客室係の女性は、信じられないとばかりに目を剝《む》いた。これで遅いというのなら、普段はどれだけはやいのだろう。

清潔なシーツとやわらかい布団で、美しくメイキングされたベッド。

ベッドの上にセットされた枕とクッションは、どこに配置すればきれいに見えるか、きちんと計算されている。

床には小さなホコリひとつ見当たらず、掃除が行き届いた室内。

バスルームもすみずみまで磨かれて、新しいタオルにバスローブ、備品やアメニティが過不足なく補充されていた。いますぐにでもお客を迎えられる状態だ。

「いつもはこんなふうに、時間が有り余っているわけじゃないからね」

講師をつとめる翠が、苦笑しながら言う。

「いい機会だし、初心を思い出しながらやってみたのよ。仕事に追われていると、いつの間にか忘れちゃうのよね」

支配人の妻でもある彼女は、さっぱりとしたショートカットが印象的な女性だった。バイクが趣味だと聞いていたから、長身でワイルドなイメージがあったのだが、意外にも小柄で可愛らしい。水色のポロシャツにパンツスタイル、紺《こん》色の前掛けとキャスケットという、客室係のユニフォームがよく似合う。

かなりの体力を必要とする仕事だが、疲れを見せることなくきびきびと動き回る姿は爽快だった。ジムで鍛えているらしく、隼介と気が合いそうだ。

「客室清掃って、大きいホテルは何人かでチームを組んでやるのよね。猫番館だとコンビを組むから、ひとりでやることはないと思うわよ」

「そ、そうですか。よかった」

紗良よりも年下の新人客室係が、ほっと胸を撫で下ろす。

ホテルの中には、清掃を外部の業者に委託するところもある。猫番館は客室数が少ないため、ホテル内のスタッフが担当していた。正社員は少なく、主婦のパートやアルバイトがほとんどだ。今回の彼女は、久しぶりに正規のスタッフとして採用された。

（慣れるまでは大変だろうけど、頑張ってほしいな）

「客室清掃はスピードが命。チェックアウトで部屋が空いたら、次のチェックインまでに仕事を終わらせないといけません」

「はい」

「しかも担当するのは、一部屋だけじゃないですからね。一部屋を完璧に仕上げたとしても、ほかの部屋が間に合わなかったら意味がない。スピードを重視するあまり、雑な仕事でクオリティを落としてもいけません。最後に点検するから、やり直しで二度手間になるだけよ。基本を身につけたら、次はクオリティとスピードのバランスを意識して」

彼女は神妙な面持《おもも》ちで、翠の話に耳をかたむけている。

「チェックインをしたにもかかわらず、客室の用意ができていない。そんなことになったら、せっかく来館してくださったお客様にご迷惑をかけてしまう。クレーム案件になるだろうし、そのお客様は猫番館に失望して、二度と来てはくださいません」

「………」

「ホテル猫番館において、快適な客室は、美味しい料理と同じくらいに大事な要素。そのことを忘れずに、誇りを持って仕事にとり組みましょう」

講義が終わると、彼女は翠の指示に従って隣の客室に向かった。時間に余裕があるため、何室かで実習を行うらしい。

(これ以上は邪魔になるし、そろそろ厨房に戻ろうかな)

そう思ったとき、翠から声をかけられた。

「紗良ちゃんっていったかしら。客室清掃、どうだった?」

「とても興味深かったです」

紗良は笑顔で答えた。

「プロの方の清掃技術に感服しました。ベッドメイキングひとつとっても、非日常の演出につながるんだなと」

「非日常?」

「ピシッとしたホテルのベッドって、自宅のそれとはぜんぜん違いますよね。それだけでも、日常から離れた場所に来たんだって、わくわくすると思うんです。ベッドだけじゃなくて、お部屋の居心地もいいなら最高ですよね」

「ええ、そうね」

素直な感想を伝えると、翠が優しく微笑んだ。

「ホテルってやっぱり、特別な場所だもの。仕事で泊まるようなビジネスホテルでも、気持ちよく過ごせたらいいわよね」

「はい。厨房勤務だとつい、料理のほうが重要だと思ってしまいがちなんですけど……。さきほど翠さんがおっしゃった通り、快適な客室も同じくらいに大切です。そのことをあらためて認識しました」

（これからはもっと、視野を広げて考えよう）

ホテルで働いているのは、厨房スタッフだけではない。

支配人にコンシェルジュ。フロントスタッフにベルスタッフ。

お客の前に出る従業員はもちろんだが、客室係や厨房担当のように、見えない場所で働く人々も、ホテルになくてはならないもの。全員の力を合わせることで、ホテルという非日常の空間をつくり上げているのだ。

そのことに気づけただけでも、大きな収穫だといえるだろう。

見学ができてよかったと思いながら、紗良は翠に向けて頭を下げた。

「いろいろと勉強になりました。ありがとうございます」

「こちらこそ。今夜を楽しみにしてるわね」

翠が意味ありげに言ったとき、第三者の声が割って入った。

「翠さん」

「あら克巳さん……じゃなくて、支配人。どうされたのかしら？」

「いやその、研修の進み具合はどんなものかなと」

客室の出入り口からひょっこり顔をのぞかせたのは、出勤日と同じく、ダブルボタンのスーツに身を包んだ支配人だった。休館日はスタッフは休みになるが、オーナーか支配人のどちらかは出勤し、ホテルを管理している。

「こっちは順調よ。新人さんは真面目でいい子だわ」

「おお、それは何より」

客室に入った支配人は、ととのえられた室内を見て口角を上げた。

「あいかわらず素晴らしい。さすがは翠さんだ」

「きれいになった部屋って気持ちいいわよね。この快感を得たいがために、客室係を続けているようなものだし」

「まさに天職だね」

親しげに話すふたりの姿に、紗良は表情をほころばせた。

(ふふ。支配人のプライベートな顔って、はじめて見たかも)

仕事中は誰に対しても敬語を使う支配人が、奥さんの前では砕けた言葉遣いになっている。気安い態度は家族だからこそだし、見ていて落ち着く雰囲気も、長い月日をともに過ごしている間に自然とにじみ出てきたのだろう。

仲睦《むつ》まじい夫妻をほのぼのとした気分で見守っていた紗良は、室内の時計に視線を向けた。そろそろ発酵《はっこう》が終わる頃合いだ。

「仕込みの続きがありますので、戻らせていただきますね」

夫妻に声をかけてから、紗良は客室をあとにした。

誰もいない厨房に戻ると、焙炉《ホイロ》に入れていたパンの生地を確認する。

「よし、ＯＫ！」

これから成形していくのは、簡素《リーン》な配合のおつまみパンだ。

一定の大きさに分割して丸めた生地は、ベンチタイムをとって少し休ませる。それから麺棒《めんぼう》でひとつひとつ伸ばし、手のひらを駆使して巻いていった。

細長い二等辺三角形に伸ばした生地は、手元の頂点を引っぱりながら、奥から手前に巻いていく。力加減を間違えると破れてしまうので、気をつけなければいけない。紗良は細心の注意を払いながら、慎重に作業を進めていった。

生地を巻き終え、二十センチほどの棒状に仕上がっていれば終了だ。

（ふう……。できた）

成形のあとは、トッピングだ。今回はプレーンと、もう一種類つくることにした。ポピーシードをまぶすことで、プチプチとした食感と、香ばしい風味を加える。

準備が終わったものは天板に並べ、最終発酵。

それからオーブンにセットして、こんがり焼き上げると――

「うーん、いい香り！」

完成したのは、シュタンゲン。「棒」という意味を持つこれは、オーストリアやドイツなどで親しまれている、スナック的なテーブルパンだ。チーズを練りこんだり、粗塩《あらじお》や胡麻《ごま》をまぶしたりと、バリエーションも豊富にある。

薄くした生地を巻くことで、クラムには独特の層が生まれる。外側はパリッと、中はサクッと歯切れよく。プレーンでも美味しく食べられるが、味つけをしたビア・シュタンゲンは、その名の通りビールのおつまみにぴったりだ。

（これ、お師匠さまが好きなのよね）

紗良の脳裏に、機嫌よくシュタンゲンを食する師匠の姿が浮かんだ。

冒険心にあふれた師匠は、一般にはあまり馴染《なじ》みのないパンも、積極的にラインナップに加えていた。黒糖くるみあんパンという大ヒット商品があったので、その利益で新作パンの研究ができたのだ。

シュタンゲンも一時期、和久井《わくい》ベーカリーで販売していた。しかし残念ながら売り上げがふるわず、定番品にはならなかった。

それでも師匠は夏になると、趣味でこのパンを焼いていた。ビールのおつまみになるからと、個人的に楽しんでいたのだ。そんな経緯があるため、紗良もシュタンゲンのつくり方は知っている。

仕事の合間に手早くつくって、閉店後にふたりでお酒を飲む。師匠の自宅に招かれ、縁側でビールとシュタンゲンをつまむこともあった。夏の夜風は心地よく、火照《ほて》った体をほどよく冷やしてくれた。あの気持ちよさが忘れられない。

(天気はどうかな?)

紗良は窓の外に目をやった。

日は暮れかけ、空は薄暗くなりつつある。今日は朝から晴れていたし、雨が降る心配はなさそうだ。湿気も少なく、外で飲むにはいい気候だろう。

「おーい紗良」

ふり向くと、厨房と喫茶室をつなぐドアのところに、私服姿の叔父が立っていた。

「用意はできたか?」

「ちょうど焼き上がったところですよ」

「こっちも準備が終わったぞー。っていうかもう飲みはじめてるから、おまえもそのパン持ってはやく来い」

「はーい」

衛生帽子と前掛けをはずした紗良は、粗熱がとれたシュタンゲンをカゴに入れた。今日は翠の発案で、喫茶室のテラスで外飲みをしようということになったのだ。

お客のいないホテルで楽しむ、スタッフ限定のビアガーデン。

休館日だからこそできる、贅沢なイベントだ。

ドアを通り抜けて喫茶室に入った紗良は、奥にあるテラスに向かった。外に出ると、涼しい夜風が頬をくすぐる。

翠は近くのテーブルで、いくつものグラスに缶ビールをそそいでいた。紗良の姿に気がつくと、明るく笑いかけてくれる。

「あら、紗良ちゃん！　お疲れ様」

「お疲れさまです。ご所望のパンをお持ちしました」

カゴの中のシュタンゲンを見せると、彼女は、「これは？」と首をかしげた。ビールによく合うパンだと伝えると、ぱっと表情を輝かせる。

「ありがとう！　あなたがつくるパン、克巳さんがときどき買ってきてくれてね。いつも美味しくいただいてるの。だから今回も食べたくなって。休館日なのに無理を言ってごめんなさいね」

「無理だなんて。客室清掃を見学させていただいたお礼です」

翠は見学を許可する代わりに、紗良が焼いたパンを食べたいと言ってきた。

種類はなんでもいいと言われたから、おつまみパンにしたのだ。休館日に飲み会をやることを知っていたので、ぴったりだろうと。

（ビール好きだってことも、支配人から聞いていたしね）

テラスには彼女のほかにも、何人かのスタッフが集まっていた。支配人はもちろん、研修を終えた新人客室係の女性もいる。叔父や要、隼介といった寮のメンバーも、飲み会の話を聞きつけて参加していた。

（シュタンゲン、たくさんつくっておいてよかった）

テーブルにはビールのほかにも、缶チューハイやハイボール、下戸《げこ》の隼介が持ってきたのか、コーラやウーロン茶のペットボトルも置いてあった。チーズやミックスナッツ、お惣菜《そうざい》の唐揚げといったおつまみもそろっている。普段は上品なティーセットや繊細なデザートが置かれている場所だけに、そのギャップがおもしろい。

「紗良さん」

「あ、要さん。今日はずっと寮にいたんですか？」

「まあね。ところでここ、空いてるよ。よければどうぞ」

「はいよろこんで！」

嬉しいお誘いに、紗良の胸がときめいた。いそいそと要の隣に腰かける。

あきれ顔の叔父から「わかりやすい奴だなぁ」と言われたけれど、気にしない。当の要はあいかわらず真意が読めない表情で、それがまた紗良の心をやきもきさせる。

「みんな、グラスは持ったー？」

全員の手元を確認した翠が、よろしいとばかりにうなずいた。芝居がかった仕草で胸に手をあて、隣に立つ夫にうやうやしく一礼する。

「それでは支配人、乾杯の音頭《おんど》を」

一歩前に進み出た支配人が、品よく微笑みながら口を開く。

「これから夏休みシーズンに入り、多くのお客様が当館に宿泊されます。体調にはじゅうぶん気をつけて、力を合わせて乗り切っていきましょう。──乾杯」

「乾杯！」

明るい声が重なり、黄金色のビールが入ったグラスがかかげられた。


一夜が明けると、ふたたび日常が戻ってきた。

（やれやれ。今日が夜勤でよかった）

日が暮れてから出勤した克巳は、更衣室で着替えをしながら息をついた。

昨夜は年甲斐《がい》もなく飲みすぎてしまった。翠が猫番館にいることが嬉しくて、思っていたより気分が高揚していたようだ。

数年ぶりの二日酔いに見舞われて、午前中は何もできずに寝こんでいた。午後から回復したおかげで、出勤することができたのだ。昔はあの程度の酒量などなんともなかったのに、加齢で弱くなったのだろうか……。

（いやいや、翠さんはけろりとしていたぞ）

自分よりも飲んでいたはずの彼女は、体調不良の片鱗《へんりん》すら見せることなく、元気に仕事に出かけていった。克巳の体調を気遣い、朝食に栄養たっぷりのトマトスープをつくってくれたことが心に沁《し》みた。トマトは二日酔いの改善に効果があるのだ。

スタッフには体調に気をつけるよう言っておいて、自分がダウンしてしまっては世話がない。これから仕事なのだから、気を引きしめなければ。

ひとつ深呼吸をした克巳は、糊《のり》がきいたシャツに袖を通した。

ネクタイを締め、上着のボタンを留めると、頭の中が仕事モードに切り替わる。

「――よし」

姿見の前で全身をチェックしてから、克巳は更衣室をあとにした。

静まり返っていた昨日とは打って変わって、館内は活気にあふれている。食堂からただよってくる夕食の香りも、いつもと同じく食欲をそそった。

フロントに行くと、カウンターの内側には要がいた。

「あ、支配人。おはようございます」

「おはようございます」

「ゆうべはけっこう飲んでいらしたみたいですけど、大丈夫でしたか?」

「恥ずかしながら、午前中は二日酔いで寝こんでいたんですよ。昔とくらべて弱くなったものですねえ」

苦笑いをする克巳に、要は声をひそめて言った。

「ここだけの話ですけど、実は俺もそうだったんです」

「本城くんも?」

「起きた瞬間から頭痛があって、これはまずいと思いました。しかも今日は朝出勤でしたからね。頭痛は薬でおさえたんですけど、胃のほうもムカムカして。そのせいで食事がほとんど喉を通らなかったんですよ」

「それは難儀でしたね。いまはどうです?」

「おかげさまで、胃のほうもよくなってきました。二日酔いのことを話したら、紗良さんが賄《まかな》いでパン粥《がゆ》をつくってくれたんです。トマト味の」

「トマトですか」

頭の中に浮かんだのは、妻が用意してくれたトマトスープ。パン職人の彼女も、かの野菜の効能は知っていたのだろう。細やかな心遣いに感心する。

「あれを食べてから、だいぶ楽になったんですよ。助かりました」

ホテリエたる者、たとえ具合が悪くても、お客様の前ではおだやかな表情をしていなければならない。顔をしかめるなどもってのほか。要も仕事中は不調を押し隠して、平静を保っていたに違いない。

「回復したならよかった。お互いに、飲みすぎにはくれぐれも気をつけましょう」

「肝《きも》に銘《めい》じます」

そんな話をしていたとき、ひとりの宿泊客がこちらに近づいてきた。

克巳と要は即座に待機姿勢をとった。背筋を伸ばし、右手を下にして手を重ねる。

「すみません、ちょっと訊《き》きたいことがあるんですけど」

「はい、承《うけたまわ》ります」

どんなときでも笑顔で、大事なお客様を迎える。それが猫番館のホテリエだ。

Tea Time

二杯目

うっとうしい梅雨《つゆ》が明け、いよいよ本格的な夏がやって来ました。まばゆい太陽に、抜けるような青い空。草木は生命力に満ちあふれ、輝かしい生を謳歌《おうか》しているのでしょう。

七月も後半になると、気温が三〇℃を超える日が増えていきます。猫番館《ねこばんかん》のイングリッシュガーデンには、夏の暑さにも強い花が植えられていると聞きました。ペンタスやサルビア、鶏頭《けいとう》といった花々が、花壇をあざやかに彩っています。

学生さんは待望の夏休みに入りますね。今年はどこに遊びに行くのでしょう。すがすがしい山もいいですが、海というのも素敵な場所だそうですね。

わたしは行ったことがなく、実際の海を知りません。テレビで観たことはありますけれど、なんて広い水たまりなのでしょう。中に入りたいとは思いませんが、寄せては返す波というものを、間近で見てみたいものです。

社会人の方は、学生さんのように長いお休みはなかなかとれないのでしょう。とはいえ毎日頑張って働いているのだから、休暇くらいはほしいですよね。どこかに出かける予定はおありでしょうか？　今年はすでに満室ですが、ぜひ一度は猫番館にお泊まりになって、最高のホテルステイを堪能していただきたいものです。

夏休みへの夢はふくらみますが、学生さんはその前に、乗り越えなければならない試練があります。

もうおわかりですよね？　それは――

「あーあ。なんで夏休みの前に、試験なんかあるのかなぁ」

冷房がきいた、従業員寮のリビング。

うんざりした様子で言ったのは、学生アルバイトの梅原《うめはら》くんでした。集中力が切れてしまったらしく、手元のシャープペンシルを無意味にもてあそんでいます。

「センパイもそう思いません？」

「………」

ローテーブルを挟んだ向かいであぐらをかいているのは、同じく学生アルバイトの桃田《ももた》くん。彼はテーブルに頬杖《ほおづえ》をつき、広げたテキストに視線を落としたまま、ぴくりとも動きません。これはもしやと思ったとたん……。

ふとした拍子に頬杖がはずれ、ゴンという鈍い音。

「やっぱり目ぇ開けたまま寝てたんだ。器用っすねー」

「――――」

テーブルに突っ伏したまま、悶絶《もんぜつ》する桃田くん。ああ、痛そう……。

ぶつけた額《ひたい》を押さえながら痛みに耐える彼に、梅原くんがのん気に声をかけます。

「おでこ、冷やします?」

「いや、いい。大丈夫だから……」

醜態《しゅうたい》をさらしてしまって恥ずかしいのか、桃田くんの耳は真っ赤です。

寮の住人でもない彼らがなぜ、こんなところで試験勉強をしているのか。それにはもちろん、理由があります。

彼らはそれぞれ、アパートでひとり暮らしをしています。しかしそこに、思わぬアクシデントが襲いかかりました。桃田くんは上階の水漏れ、そして梅原くんはエアコンが故障してしまい、何日か寮に身を寄せることになったのです。

「別にエアコンがなくたって、寝起きはできるだろ」

「ムリムリムリ! この暑さでエアコンが使えないなんて、死を意味しますよ⁉ 俺まだ死にたくないんで」

「直るのはいつなんだ？」

「来週っす。部品の取り寄せに時間がかかって。センパイは？」

「同じくらい。修繕費は向こうが出すけど、家具もダメになったんだよな……」

「うわー。それもちゃんと弁償してくれんのかなぁ」

彼らはスナック菓子だのチョコレートだのをつまみながら、試験勉強そっちのけでだらだらしはじめました。すっかりやる気がなくなってしまったようです。

「あー！　勉強なんかよりゲームやりてー！」

「満腹になったらまた眠くなってきた……」

これは由々《ゆゆ》しき事態です。このわたしが、彼らのやる気をとり戻してあげなければ。

わたしはソファから下りて、彼らに近づきました。前脚《あし》をそろえて座り、しっかりやりなさいという気持ちをこめて尻尾をふります。

「マダムが近くに来た！　チャンス！」

何を勘違いしたのか、梅原くんがわたしの体をぎゅっと抱きしめました。その横では桃田くんが、ふさふさの尻尾を嬉《うれ》しそうにさわっています。これではますます勉強ができなくなってしまうではないですか。

ふたりの若者を、一瞬で虜《とりこ》にする。わたしは罪つくりな猫ですね。

三泊目

在りし日のマリアージュ

Summer Pudding

最愛の貴女《あなた》へ

この瞬間、貴女はどこで何をしているのだろうか。

貴女が遠くへ旅立ってから、僕はセピア色の世界の中で生きています。

美しく色づいた景色。かぐわしい花の香り。心が躍《おど》る音楽。そして美味《おい》しいお酒や料理の数々。それらは貴女と一緒に楽しめなければ意味がない。

だからこそ――

貴女がこよなく愛したあのホテルにも、ひとりで行く気にはなれないのです。

「おはようございまーす」

八月初旬のある日。市川小夏《いちかわこなつ》が更衣室のドアを開けると、中には着替え中のスタッフがひとりいた。同じ従業員寮に住む、事務員の泉《いずみ》だ。

「おはようございます」

すっぴんに近い小夏とは違って、泉のメイクは今日もばっちり決まっている。彼女のお化粧が崩れたところを、自分は一度も見たことがない。

「いやー、朝から暑いですね。五分も歩いてないのに汗かいちゃって」

「今日の最高気温、三十五℃らしいですよ」

「うげっ。マジですかー」

ロッカーに近づいた小夏は、小さな鍵を使って扉を開けた。ロッカーは二段式で、小夏は上段を使っている。下段は、喫茶室でアルバイトをしている学生だ。

（職場が近いって、ほんと楽だわ）

Ｗｅｂデザイナーをしていたころは、片道一時間をかけて会社に通勤していた。

当時はなんとも思っていなかったけれど、毎日よく通っていたものだ。職場の敷地内に寮があるという恵まれた環境に慣れてしまったいまでは、満員電車も往復二時間も、考えただけでぞっとする。

寮の暮らしは気に入っているし、前の会社のように、苦手な上司や同僚もいない。ホテル猫番館《ねこばんかん》はまさに、天国のごとき職場である。

(さてと！　お仕事お仕事)

小夏は肩がけにしていたエコバッグの中から、水色のポロシャツをとり出した。細身の黒いパンツとスニーカーはあらかじめ身につけてきたので、着替えるのは上だけだ。ポロシャツを着たら紺《こん》色の前掛けをつけ、同じ色のキャスケットをかぶる。汗で落ちることがわかっているから、メイクは眉くらいしか描いていない。

小夏の本職はベルスタッフだが、いま着ているのは客室係のユニフォームだ。

ベルスタッフの主な仕事は、チェックインしたお客の荷物をあずかり、客室まで案内すること。チェックアウト時にも荷物を運ぶし、ルームサービスの注文品を運ぶのも自分たちの仕事だ。

猫番館は客室数が少ないため、ベルスタッフはほかの業務を兼任している。

上司は支配人やコンシェルジュの補佐をしているし、同僚はフロント業務を手伝っていた。小夏は客室係を兼任しており、午前中は客室清掃に従事していることが多い。

本職以外の仕事も覚えなければならないので、小夏たちの給料は、相場よりもやや高めだ。少し前に出たボーナスも、なかなかの金額で満足している。

(でも、客室清掃って夏は地獄《じごく》なんだよねえ……)

マイタオルと汗拭きシートを準備しながら、小夏はふーっと息をついた。

室内の掃除はまだマシだが、問題はバスルームだ。

客室清掃の中でも、バスルームは特に重労働。バスタブは水垢《みずあか》や皮脂《ひし》を残さずに、すみずみまで磨き上げなければならない。蛇口《じゃぐち》や鏡も同様に行い、排水溝もチェックして、洗い終えたら熱めのシャワーで流していく。お湯を使うのはカビ対策の一環なので、水で流すことはできないのだ。

換気扇《かんきせん》をつけているとはいえ、真夏にこの蒸気を浴びるのはかなりきつい。

流して終わりというわけではなく、水滴はすべて拭き上げ、髪の毛一本たりとも落ちていない状態にする。ここまでやっても、点検で不合格ならやり直しだ。バスルームは宿泊客の目が特に厳しくなる場所だから、チェック項目も多い。

いまは慣れたが、最初のころはどこもかしこも筋肉痛になった。腰も痛めやすいから、筋トレやストレッチで対策している。

新人研修をしてくれた支配人の奥さんは、若いころから客室清掃ひとすじなのだと言っていた。定年以降も続けたいというのだから尊敬する。

大変ではあるけれど、この仕事自体は嫌いではない。

（よし。ボーナスもたくさん出たことだし、頑張らねば！）

ぐっとこぶしを握りしめたとき、泉から遠慮がちに声をかけられた。

「あの……これ、よかったらどうぞ」

「へ？」

「化粧品を買ったときにもらったんですけど、私には合わなそうだから」

「え、いいんですか？　ぜひぜひ！」

「市川さんの肌は黄みよりだから、合うと思いますよ」

泉がくれたリキッドファンデーションのサンプルは、小夏でも知っている海外コスメブランドの新作だった。ドラッグストアで安いコスメしか買わない自分には、とても手が届かない、あこがれの逸品である。

「うわぁ、嬉《うれ》しい！　ありがとうございます」

「使わずに捨てるよりは、似合いそうな人にあげたほうがいいですものね」

よろこぶ小夏の姿に、泉はほっとしたように微笑《ほほえ》んだ。

（やっぱり泉さん、ちょっと変わったな）

サンプルをバッグにしまった小夏は、髪をひとつに結ぶ彼女をちらりと見た。

以前の泉は、同じ寮に住む小夏と紗良《さら》に対して、少し距離を置いていた。

ひとりの時間を大事にしたいのだろうと思ったし、歳《とし》が離れている小夏たちとは、話が合わないと感じていたのかもしれない。こちらも図々《ずうずう》しく踏みこむようなことはしたくなかったので、一定の距離を保っていたのだ。

変化が起きたのは、二カ月くらい前だろうか。

いつもクールで近寄りがたかった泉は、そのころを境に、小夏と紗良に話しかけてくれるようになった。これまでは必要最低限の会話しかしていなかったのに、いまでは何気ない雑談で笑い合うこともある。心の垣根をとり払った泉は、しっかり者で少しシャイなところもある、可愛《かわい》らしいお姉さんだ。

(紗良ちゃんと一緒にパンをつくったことで、何か感化されたのかもね)

小夏の脳裏に、同僚であり友人でもあるパン職人の顔が浮かぶ。

高瀬《たかせ》紗良という子は、とても不思議だ。基本的には控えめで、他人の事情に深くかかわることはしないのに、いつの間にか誰かを笑顔にさせている。積極的に絡んでいって、強引に心をこじ開けるようなこともしない。彼女はその人柄とパンの力で、人々に自然な笑顔をもたらしているのだ。

泉は以前、紗良にピロシキのつくり方を習ったという。そこで彼女の人柄に触れ、心を開いたのだろう。

まだぎこちないところはあるけれど、自分たちと仲よくしたいと思ってくれているのがわかって嬉しい。縁あって同じ寮に住んでいるのだ。他人行儀に接するよりは、気楽に話せる関係になれたほうが、楽しいに決まっている。

(今度の女子飲み、泉さんも誘ってみよ)

眼鏡をくいっと押し上げた小夏は、静かにロッカーの扉を閉めた。


数時間後——

「お疲れ様でした……」

無事にノルマを達成した小夏は、訓練を終えた兵士のようにげっそりしていた。

地獄のバスルーム清掃を何室もこなしたせいで、手足の筋肉がこわばっているし、腰も痛い。汗も大量にかいたから、いったん寮に戻ってシャワーを浴びなければ。ストレッチも念入りに行って、午後からの仕事に備えるのだ。

「ひー、喉《のど》カラカラ」

廊下に出た小夏は、清掃カートの隙間《すきま》にねじこんでいたペットボトルを手にとった。水はすっかりぬるくなっていたが、水分補給ができるのならなんでもいい。

喉を潤しひと息ついたとき、コンビを組んでいる先輩が客室から出てきた。

「市川さんはもう上がりよね？」

「はい」

「じゃあこれ、事務室に届けておいてくれる？　二〇三号室のお忘れ物」

先輩が手にしていた紙袋を見た瞬間、「あちゃー」と声が出てしまった。先輩も苦笑いをしている。

「鎌倉《かまくら》に行かれたんですねえ……」

「チェックアウトぎりぎりで、あわてててたんでしょうね。せっかくのお土産《みやげ》なのに」

受けとったのは、黄色の地に白い鳩のマークが描かれた紙袋。

四角い缶の中に入っているであろうサブレーは、いわずと知れた鎌倉銘菓《めいか》だ。横浜《よこはま》駅の百貨店でも売っているが、観光客なら現地で買うだろう。最寄りの元町《もとまち》・中華街《ちゅうかがい》駅か石川《いしかわ》町《ちょう》駅から電車に乗れば、四十分ほどで行ける。

「あとこれも。こっちは二〇二号室ね」

「日傘ですかー。今日暑いし、はやめに気づいてくれるといいけど」

「今日はその二点。よろしく頼むわ」

「了解です」

紙袋と日傘をたずさえた小夏は、階段を下りて事務室に向かった。

拾得物《しゅうとくぶつ》の保管室は、倉庫の隣。事務室で鍵を借りようとしたとき、経理作業をしていた泉が答える。

「鍵ならさっき、本城《ほんじょう》さんが持っていきましたよ」

どうやらすでに先客がいるらしい。

そのまま保管室に向かうと、外開きのドアが少しだけ開いていた。何やら話し声も聞こえるような。ひとりではないのだろうか？

そっとのぞいてみると、そこにいたのは要《かなめ》と紗良だった。クリップボードを手にした要は、拾得物が置かれたラックの前で、何かの調査をしているようだ。紗良はその隣で、彼の作業を興味深げに見守っている。

（うーわ。よりによってこんなときに）

思わず回れ右をしたくなった。ビシッと身なりをととのえている要に対して、いまの自分はほぼノーメイクだし、ひと仕事を終えてクタクタだ。紗良も化粧気がないのだが、元の造作がいいから、素顔で人前に出ても問題ない。実に不公平である。

要は好みのタイプではないけれど、同僚の男性（しかもイケメン）に疲れきった姿をさらすのは、やはり抵抗がある。なかなか複雑な女心なのだった。

どうしようかと思っていると、ふいに紗良がこちらを見た。

「小夏さん？」

「あ、あはは。お疲れー」

観念した小夏は、ごまかし笑いをしながらドアを開けた。しぶしぶ中に入る。

「紗良ちゃん、こんなところで何やってんの？」

「いま休憩中なんですよ。要さんがここでお仕事をされると聞いたので、ちょっと見学させてもらっています」

「このまえはフロント業務の見学に来たって、支配人から聞いたよ。マイブームなの？」

要が問いかけると、紗良は「そうなんです」と答える。

「ホテルって、いろいろな人が働いていますよね。わたしは厨房《ちゅうぼう》しか知らないので、ほかの部署ではどんな仕事をしているのか、実際に見てみたくなったんです。あ、もちろん迷惑にならない範囲で」

「向学心があるのはいいことだよ。紗良さんらしい」

「ありがとうございます」

紗良は嬉しそうに表情をほころばせた。こうやって観察してみると雰囲気もいいし、なかなかお似合いのふたりに見える。

（もどかしいなぁ）

さっさとくっついてしまえばいいのにと思うが、そううまくはいかないのが恋愛というもの。少し前に自覚をしたと打ち明けてくれたから、紗良の気持ちはすでにかたまっている。問題は彼女ではなく、要のほうだ。

小夏が見た限り、彼は紗良のことを気に入っている。要は人当たりがいいし、小夏に対しても丁寧に接してくれるが、紗良に対しては何かが違った。ちょっかいを出すのも、ほかの同僚とは異なる種類の興味があるからだろう。

見込みがあると思っていたから、紗良のほうから告白すれば、すぐに成就《じょうじゅ》するのではないかと考えていた。しかし彼女の話を聞くに、要の事情が少々複雑らしい。

そのうえ同じ職場だから、もし断られてしまった場合、お互いに逃げ場がなくなる。紗良もそれが引っかかって、踏み切れずにいるのだ。想いを告げることで気まずくなってしまうなら、いまの関係を維持したい。その気持ちはよくわかる。

（面倒な相手を好きになったもんだわ）

友人としては応援したいが、どうしたものか。

あれこれ考えていると、要が「ところで」と話しかけてきた。

「小夏さんの用件は？」

「え？　ああ、客室の忘れ物を持ってきたんですけど」

我に返った小夏は、ふたつの品を差し出した。

黄色い紙袋を見た要が、困ったように眉を寄せる。

「食べ物か……。まあ、生菓子じゃなくてよかったかな。とりあえず台帳に記入して」

「わかりました」

小夏は台帳を開いた。日付と忘れ物の品名、そして客室番号と、部屋のどこで見つけたのかを記入していく。要はその間も、ラックに置かれた品物をチェックして、クリップボードに挟んだ紙の内容と照らし合わせていた。

「要さんは何してるんですか？」

「棚の整理と定期チェック。三カ月を過ぎたものは奥のほうに移すから」

館内で見つかった忘れ物や落とし物は、貴重品やナマモノなどでない限り、この小部屋で保管することになっている。

猫番館における忘れ物の第一位は、ダントツでスマホの充電器だ。

これはおそらく、ほかのホテルや旅館でも同じだろう。ほかにも洗面所ではずしたアクセサリーやコンタクトケースを置きっぱなしにしたり、マフラーや帽子といった小物を忘れたりするのもよくあることだ。

遺失物法で定められた拾得物の保管期間は、三カ月。猫番館では念のため、それ以降も一定期間はあずかることにしている。

「三カ月が過ぎても、引きとり手がないものがあるんですね……」

紗良が悲しげな顔で言う。

「持ち主がはっきりしているものは、お客さまにご連絡しているんですか？」

「する場合もあるけど、基本的にはしていない。向こうから問い合わせの連絡が来るのを待つ形になるかな」

「どうしてですか？」

「お客様の中には、ホテルに泊まったことを知られたくない人もいる。家族に内緒で旅行をしている人とかね。そういう人に連絡をすると、宿泊したことがバレてしまう危険がある。それでトラブルになることもあるから、積極的には連絡しないんだ」

「なるほど……」

「もちろん例外もあるよ。家の鍵とか財布みたいな貴重品は、持ち主が明確で携帯の番号がわかる場合に限り連絡する。あとは貴金属類かな。高価なものをあずかって、万が一にも紛失したら大変だろ。だから長くは置いておきたくないんだよ」

言葉を切った要は、何かを思い出すような顔になった。

「拾得物といえば……。『あれ』はまだ、引きとりに来ていないよな……」

「あれ？」

小夏と紗良が首をかしげたとき、どこからか電話の着信音が聞こえてきた。ふところに手を入れた要が、社用携帯をとり出す。

「はい、本城です」

短い会話のあとに電話を切った彼は、なぜか小夏に視線を向けた。

「泉さんからだったんだけど、いま、二〇三号室に宿泊されたお客様からご連絡があったそうだよ。お菓子を忘れたことに気づかれたみたいだね」

「ほんとですか？　よかった！」

小夏はぱっと表情を輝かせた。

せっかく購入したお土産を、保管室で眠らせておくなんてもったいない。はやめに気づいてくれてほっとする。

「飛行機の時間があるから、引き返すのは無理らしい。配送対応になったから、お菓子は事務室に届けてもらえるかな。あとは泉さんが引き受けてくれるって」

「了解でーす」

「それじゃ、よろしく」

小夏はふたたび紙袋を手にすると、足どりも軽く事務室に向かったのだった。


拾得物のチェックを終えた要は、換気のために開けておいた窓を閉め、保管室の外に出た。ドアに鍵をかけてから、クリップボードを小脇にかかえて事務室に戻る。

中に入ると、泉がさきほどのお菓子を梱包《こんぽう》していた。

壊れやすいサブレーだが、缶入りだからその心配はないだろう。これがケーキなどの生菓子だったら、さすがに配送はできない。当日中に引きとりに来ない限り、残念だが処分せざるを得なくなってしまう。

ホテルに引き返せたとしても、そのぶん余計な時間や交通費がかかる。だからチェックアウトの前には、忘れ物がないかをじゅうぶん確認してもらいたいところだ。

「泉さん。そのお菓子、どこに送るんですか？」

「鹿児島です」

「一見《いちげん》のお客様かな」

「そこまではわかりませんけど。宅配便でお送りすることをお伝えしたら、申しわけないと恐縮されてましたね。いい方でしたよ」

「そうですか……。ちょっと配送伝票を貸してください」

記入ずみの伝票を受けとった要は、パソコンで宿泊者名簿を呼び出した。

名前を照らし合わせてみると、今回がはじめての宿泊のようだ。

観光が目的なら、ホテルにそこまでお金をかける必要はない。それにもかかわらず、あえて猫番館を選んでくれたのだ。だからこそ、忘れ物をしたというマイナスの印象で終わらせるのは忍びない。

要はデスクの引き出しを開けると、薔薇《ばら》と猫の模様が入ったメッセージカードをとり出した。ホテルのオリジナル商品で、スタッフの名刺と同じデザインだ。

ペンを手にした要は、カードの枠内に文字を書きつけていく。

『このたびはホテル猫番館にご宿泊いただき、誠にありがとうございました。従業員一同、またのお越しを心よりお待ち申し上げております』

丁寧に綴《つづ》られた手書きの文字は、無機質なワープロ文字より気持ちが伝わる。カードを専用の封筒に入れた要は、泉に頼んで荷物に同封してもらった。また泊まりたいと思ってもらえるように心配りをするのも大事な仕事だ。

次の仕事にとりかかろうとしたとき、事務室に紗良がやって来た。少し前までは保管室で見学をしていたが、休憩はもう終わったはずだ。

「どうしたの?」

「あの。今し方、これを拾ったんですけど」

紗良は要の前で、握りしめていた右手を開いた。手のひらに載っているのは、水色の石が使われた、ドロップ型の小さなピアス。

「食堂の前の廊下に落ちていたんです。たぶんお客さまのものではないかと」

「落とし物か……」

なぜか今日は、やたらと拾得物に縁がある。

そんなことを思いながら、要は片方だけのピアスを受けとった。いつ落とされたものかはわからないが、ピアスの問い合わせはまだ来ていなかったはずだ。

「これ、ガラスじゃなくて宝石かもな。落とし主はまだ気づいていないのか……。とりあえずあずかっておこう」

アクセサリーは貴重品扱いなので、保管室に置いておくわけにはいかない。

鍵つきの棚を開けた要は、そこから小型の手提《てさ》げ金庫をとり出した。高価なものは盗難や紛失を防ぐため、厳重に保管する必要がある。

「紗良さん、ちょっとだけうしろ向いててくれる？」

「はい」

ダイヤル番号を知っているのは、自分と支配人、そしてオーナーである母だけだ。ダイヤルを合わせて蓋《ふた》を開けると、体勢を戻した紗良が意外そうに言う。

「ひとつしか入っていないんですね」

「いまはそうだね」

金庫の中にしまわれているのは、細いチェーンのペンダントが一本だけ。

「貴重品の拾得物だと、わりとすぐに連絡が来るんだ。長い間気づかなかったり、放ったままにしておいたりすることはほとんどない。だからこのピアスも、落としたことに気づいた時点で問い合わせが入ると思う」

「なるほど。じゃあそのペンダントも？」

「いや、これはちょっと特殊な例でね。一年半くらい前からここにあるんだ」

「一年半!?」

紗良は大きく目を見開いた。これほど長くあずかっている貴重品は、ほかにはない。

「このピアスとは違って、持ち主はわかっているんだよ。常連の顧客で、柏木《かしわぎ》様っていう方なんだけど」

要はペンダントを見つめながら続けた。

「一年半前、館内に落ちていたのを俺が見つけたんだ。ほらここ、チェーンが切れてるだろ。それが原因だと思う」

「あ、たしかに」

「何時間かあとに問い合わせがあって、柏木様の落とし物だってわかったんだ。気づいたのが新幹線の中だったから、とりに戻ることもできなくて。かといって、気軽に配送するには高価すぎる品でね」

「そんなに価値のあるお品なんですか?」

「金額的な意味なら、数十万はするだろうね。ヘッド部分はプラチナ製だし」

話をしながら、要はさきほどのピアスを金庫にしまった。

「一般書留なら補償もあるし、それで送ろうかと申し出たんだけど。柏木様からしばらくホテルであずかってもらえないかって頼まれたんだよ。年に何度も宿泊してくれる常連さんだし、次に来館したときにお渡しすることになって」

高価な品を長期間あずかることは、危機管理の面でも避けたいところだ。

しかし相手は、ホテルが開業した年から宿泊してくれている、常連の中の常連。今回は特別措置《そち》ということで、責任をもってあずかることにしたのだった。

うなずきかけた紗良だったが、矛盾《むじゅん》点に気づいたらしい。「でも」と首をかしげる。

「ペンダントがいまもここにあるということは、柏木さまはまだいらしていない……?」

「……まあね」

彼女が言う通り、柏木氏はこの一年半、一度も来館していない。

これまでは年に二、三度は宿泊していたので、何かが起こったことは明白だった。そのため一年を過ぎた時点で、こちらから連絡を入れている。

「来館できない事情は教えてもらったよ。次にいつ来られるのかも未定」

「え……。もしかして、長期入院でもされていらっしゃるとか?」

「当たらずとも遠からずって感じかな。一応、今年中に来館されなかったときは、書留で送ってもいいとは言われているけど」

「今年中にお会いできればいいですね」

「そうなることを願ってるよ。俺としても、できることなら直接お返ししたいから」

事務室から出ていく紗良を見送ると、要は小型金庫を元の場所に戻した。デスクで仕事の続きに着手する。

パソコンに保存されている、今月の宿泊予約を確認していたとき――

「えっ」

予約表の中にその人物の名を見つけた要は、思わず声をあげていた。

鼻先をくすぐる味噌汁《みそしる》の香りが、柏木弘明《ひろあき》の意識を、夢から現《うつつ》に引き戻した。

ゆるゆるとまぶたを開くと、見慣れた和室の天井が視界に入る。

——ああ、今日も生きて朝を迎えたのか。

そんなことを考えながら、弘明は大きな息をついた。

目だけを動かし右を見たが、そこには誰もいない。この部屋で寝ているのは、自分だけだ。わかっているのに視線が動いてしまうのは、習慣であると同時に、もしかしたらという儚《はかな》い願望がこもっているからなのだと思う。

(いるわけない……か)

もう一度ため息をついた弘明は、ゆっくりと上半身を起こした。まだ六時を回ったばかりだというのに、室内にはむっとした熱気がこもっている。東向きの窓からは、障子《しょうじ》越しにまぶしい光が差しこんでいた。今日も暑くなりそうだ。

この熱気で二度寝をする気にもなれず、弘明は布団の中から抜け出した。寝間着にしている浴衣を脱いで、半袖《そで》のポロシャツとズボンに着替える。

布団はたたまなくていいと言われているので、そのままにして部屋を出た。

顔を洗ってから、台所に向かう。猫柄の暖簾《のれん》をかき分けて中をのぞくと、コンロの前に立っていた若い女性がこちらを見た。

一瞬、既視感にとらわれる。よく似た面差《おもざ》しだけれど、違う顔。

目が合うと、孫娘の優花《ゆうか》がにこりと笑った。

「おじいちゃん、おはよう。今日ははやいね」

「うん。暑くて寝ていられなくて」

台所とつながっているダイニングに入った弘明は、椅子《いす》を引いて腰かけた。隅《すみ》のほうでは、一匹の猫がガツガツとキャットフードを食べている。

「シニアなのによく食べるなあ」

「プーちゃんは夏バテとは無縁よねー」

自分のことを言われているのがわかったらしく、プディングという名の愛猫《あいびょう》が顔を上げた。返事をするかのように、ゆっくりと尻尾をふる。

クリーム色の体に、黒褐色《くろかっしょく》のポイントカラー。そして青い目が特徴的な彼は、ヒマラヤンと呼ばれている種類の猫だ。もうすぐ十四歳だから、人間に換算すると七十歳くらいになるのだろうか。食欲は衰《おとろ》えていないし、元気そうでほっとする。

プディングを見守っている間に、優花が朝食の皿をテーブルに並べていった。炊《た》きたてのご飯に、鯵《あじ》の干物と玉子焼き。そして豆腐とオクラの味噌汁。

優花は会社員なので、平日は働いている。朝食はパンでいいと言っているのに、週に三度は早起きをして和食をつくっていた。この家で暮らしはじめたころは不慣れだったけれど、いまではみごとな出来栄えだ。

褒めるつもりで「いい奥さんになれるね」と言ったら、「いまは旦那《だんな》だって料理をする時代よ」と返されてしまった。歳のせいか、自分は価値観が古いらしい。

向かい合って食事をはじめると、優花が言った。

「やっぱりいまの時季は、寝てる間もクーラーをつけるべきだと思うの」

「そこまでするほどじゃないよ。それに冷房はどうも苦手で」

「そうやって我慢しちゃったお年寄りが、熱中症で運ばれることって多いみたいよ。おじいちゃんだってもう九十なんだから、気をつけなきゃ」

今年で三十歳になる孫娘は、弘明を案じるような口調で言った。

「九十……。もうそんな歳になったのか」

「卒寿《そつじゅ》ともいうよね。その次は白寿《はくじゅ》で、九十九歳」

「あと九年も生きられるかなあ」

「えー、頑張って百歳めざそうよ。それで大々的にお祝いするの」

「それも楽しそうだね」

優花をがっかりさせたくなかったので、弘明は本音を押し隠して笑った。

平均寿命が長いこの国には、百歳以上の人はたくさんいる。女性のほうが多い傾向はあるけれど、男性もそれなりにいるだろう。

もし、自分がそこまで長生きしてしまったら――

そう考えると、嬉しいよりも怖いという気持ちのほうが先に立つ。

心身ともに健康なら、まだいい。しかし骨折して寝たきりになったり、認知症になったりしたらどうすればいいのか。優花はもちろん、ほかの誰かであろうとも、介護をしてもらうのは申しわけない。

悶々《もんもん》としながら味噌汁をすすっていると、優花がふたたび口を開いた。

「あ、そうだ。今夜は正弥《まさや》さんと食事に行くから、帰りは九時過ぎになると思う」

「わかった。僕のことは気にしないでいいから、ゆっくりしておいで」

正弥は優花の婚約者で、秋には籍を入れる予定だと聞いた。この家にも何度か遊びに来ているから、どのような相手なのかは知っている。実直で優しい青年だから、優花を生涯にわたって大事にしてくれるだろう。

「夕食はパックのご飯があるから、レンジであたためてね。おかずはつくり置きの煮物とお漬け物が冷蔵庫に入ってる。お味噌汁もインスタントがあったはず……」

「大丈夫だよ。それくらいはなんとかするから」

「先に寝てていいからね。鍵は持ってるし」

「そうさせてもらうよ」

食事が終わると、弘明はダイニングを出て仏間に入った。優花が雨戸《あまど》を開けてくれたから、中は明るい光で満たされている。

弘明は仏壇に近づき、座布団の上で膝《ひざ》を折った。

仏壇にはみずみずしい花が飾られ、バナナや桃などの果物も供えてある。両手をそっと合わせた弘明は、遺影の中で微笑む妻に向けて、優しく語りかけた。

「おはよう、千鶴子《ちづこ》さん。今日も暑くなりそうだね」

最愛の妻がこの世を去ったのは、去年の夏。

半年ほど病んだ末、彼女は秋を迎える前に逝《い》ってしまった。

享年《きょうねん》は八十六。最後に入院するまでは、寝たきりにも認知症にもなることなく、ぎりぎりまで元気でいてくれた。だから最後のひと月で、急激に弱っていく姿を受け入れることができず、見守るしかできなかったのがつらかった。

（あれからもう一年か……）

さびしがり屋の妻のことだ。近いうちにきっと、自分を迎えにきてくれるだろう。

そう思っていたのだが、一年がたってもその気配はまったくない。まだ来るなということなのだろうか？　もしかしたら天国でのんびり羽を伸ばし、数十年ぶりの独身生活をエンジョイしているのかもしれない。

そんな妻の前に、自分よりもいい男があらわれたら？

（誰だきみは。千鶴子さんに気安く近寄るんじゃない）

妄想の男に嫉妬《しっと》の炎を燃やしていたとき、「おじいちゃん」と呼びかけられた。はっと我に返ると、襖《ふすま》のところに身支度をととのえた優花が立っている。

「今日は早出だから、そろそろ行くね」

「あ、ああ。気をつけて」

「じゃ、行ってまいりまーす」

優花が出勤すると、家の中は火が消えたかのように静かになった。

ひとり残された弘明は、ふたたび千鶴子の遺影に話しかける。

「優花ちゃんは本当にいい子だよ。あの子があれこれ世話を焼いてくれるおかげで、こうして人間的な生活を送ることができている」

弘明と千鶴子が暮らしていたこの家に、孫娘の優花が同居するようになったのは、一年半ほど前のこと。隣の市でひとり暮らしをしていた彼女は、千鶴子が最初に倒れて入院したとき、弘明の面倒を見るために来てくれたのだ。

『お見舞いに行ったらね、おばあちゃん、自分の体よりおじいちゃんのことを心配してたの。ご飯はちゃんと食べているのか、買い物はどうしているのか、そんな話ばっかりしててね。自分のほうが大変なのに』

『千鶴子さんらしいな』

『ほんとにね。だから放っておけなくなっちゃった』

優花は子どものころから、弘明と千鶴子になついていた。加えて優しい子なので、千鶴子が退院してもこの家に住み、生活の手助けをすると言ってくれたのだ。

病み上がりの妻に無理をさせるわけにはいかず、かといって弘明だけでは、ろくに家事をこなせない。そんな状態だったから、優花の申し出はとてもありがたかった。本人は家賃の代わりだから気にするなと笑っていたが、恋人もいる若い娘に、祖父母の世話をさせるのは申しわけないとも思った。

(とはいえ、息子に頼ることもできないし)

弘明は小さなため息をついた。

自分と千鶴子の間にできた子どもは、一男一女。

先に生まれた娘は病弱で、成人するまで生きられなかった。優花の父である息子は丈夫に育ったが、その嫁とはそりが合わず、息子夫婦が遠方に家を買ってからは、疎遠の状態が続いている。優花には弟もいるのだが、彼の顔も久しく見ていない。

身内であろうと、必ずしも助け合える関係になれるとは限らない。

だから優花が祖父母を気にかけ、千鶴子が亡くなってからもこの家にとどまってくれているのは、奇跡のようなことだと感謝している。

そんな優花も、ついに結婚が決まった。

可愛い孫娘のめでたい門出だ。なんの憂《うれ》いも感じさせることなく、気持ちよく送り出すにはどうすればいいのか。祖父として、いまの自分にできることは？

じっくり考えた末に、弘明はひとつの結論を導き出した。

「千鶴子さんも、それが一番いいと思うだろう？」

遺影は何も答えない。けれどほんの少しだけ、口元がほころんだような気がした。


数日後。弘明は優花と一緒に、千鶴子の墓に足を運んだ。

車の運転席から降りた優花が、両手でひさしをつくった。

「うわ、暑《あ》っつーい。おじいちゃん、大丈夫？」

「なんのこれしき」

「携帯扇風機、持ってくればよかったなぁ」

麻素材のアルペンハットをかぶった弘明は、優花と並んで歩き出した。

千鶴子が眠っているのは、市内にある公園墓地の一角だ。

優花が運転する車に乗せてもらうと、うたた寝をしている間に到着していた。駐車場から墓まではさほど遠くはなく、二、三分で行ける。

今日からお盆ということもあり、園内は墓参りに来たと思《おぼ》しき人が多かった。近くの雑木林からは、ひっきりなしにセミの鳴き声が聞こえてくる。まだ午前中だというのに、空からは太陽の光が容赦《ようしゃ》なく降りそそいでいた。

「あ、見てあそこ！　猫がいる」

優花の視線を追うと、木陰《こかげ》のベンチに白い毛並みの野良《のら》猫が寝そべっていた。涼しい場所なのか、のんびりした様子で毛づくろいをしている。

「白猫か……」

弘明の脳裏に浮かんだのは、豪華な椅子の上で優雅にくつろぐ、毛足の長い白猫の姿。

一度見たら忘れられない、色違いの瞳が美しい看板猫。彼女はいまでも、あのクラシカルなホテルのロビーで、おとずれるお客を出迎えているのだろうか。

最後に宿泊してから月日は流れ、あっという間に一年半。

大事なものをあずけたままだというのに、心の整理がつかなくて、いまだに足を向けられずにいる。優花の結婚を機に決意をかためたこともあるし、あらたな一歩を踏み出すためにも、もう一度あのホテルに行かなければ。

そんなことを考えているうちに、柏木家の墓にたどり着いた。

「千鶴子さん、来たよ」

「墓石、少し汚れてるね。ちょっと待ってて。きれいにするから」

一通りの掃除が終わると、優花は生花店で購入した仏花を供えた。弘明は火をつけた線香を香炉《こうろ》に入れてから、その場にしゃがんで両手を合わせる。

(今日からお盆だね。千鶴子さんもそろそろ帰ってくるかな?)

亡くなった人の魂《たましい》は、毎年お盆の時期になると、現世に戻ってくるという。

自宅の仏壇にはキュウリやナスでつくった精霊馬《しょうりょうま》を飾り、迎える準備をととのえた。

これでいつでも帰ってくることができるし、可能な限り長くいてほしい。織姫《おりひめ》と彦星《ひこぼし》ではないけれど、年に一度しか会えないというのは、やはりさびしいものである。

（同じ世界に行くことができれば、ずっと一緒にいられるのに……）

千鶴子がいないこの世界は、まるでセピア色の写真のようだ。

六十五年も連れ添った、最愛の妻を喪《うしな》ってからというもの、この目にうつる何もかもが色あせて見えてしまう。優花を心配させたくないから元気にふるまっているけれど、本音を言えば、いつお迎えが来てもかまわなかった。

自分はもう、じゅうぶん生きた。先にあちらにいった妻や両親、友人たちに、そろそろ再会してもよい頃合いではないだろうか。

目を閉じて考えていると、背後から声をかけられた。

「おじいちゃん、ちょっといい？」

「うん？」

「渡したいものがあるんだ。ここじゃ暑いから、あっちの木陰に行こう」

立ち上がった弘明は、優花のあとについて木陰に向かった。

並んでベンチに腰を下ろすと、優花はバッグの中から細長い包みをとり出した。光沢のある包装紙でくるまれたそれに厚みはなく、商品券と同じくらいの大きさに見える。

包みを受けとった弘明は、優花にうながされて包装紙をはがしていった。

封筒の中に入っていたものを引き出した瞬間、大きく目をみはる。

「これは……！」

　思わず隣を見ると、優花は「プレゼント」と言ってにっこり笑う。

　孫娘から贈られたのは、一枚の宿泊ギフト券だった。予約指定日は二日後で、ホテルの名前は、横浜山手《やまて》の「猫番館」。ついさっき、そのホテルのことを考えていただけに、おどろきを隠せない。

「宿泊費の半分は、正弥さんが出してくれたの」

「正弥くんが？」

「おじいちゃんに宿泊券をプレゼントしたいって言ったら、自分も半額出すって。だからこれは、私と正弥さん、ふたりからの贈り物。おじいちゃんがあのホテルに行きたいのに行けないこと、知ってたからね。だから手助けになればいいなと思って」

「優花ちゃん……」

「ちょうどお盆の時期だし、あさってなら、おばあちゃんもまだこっちにいるはずだよ」

　ゆっくりと視線を動かした優花は、線香の煙がたなびく墓を見つめる。

「送り火は十六日だから、それまでは一緒に過ごせる。猫番館って、おばあちゃんのお気に入りだったホテルなんでしょ？　久しぶりに連れていってあげなよ」

「――……」

「おばあちゃん、きっとよろこんでくれると思うよ」

優花のあたたかい言葉の数々が、弘明の心にじんわりと沁《し》み渡っていく。言葉にならない感情が、心の底から湧き上がってきた。

(僕と千鶴子さんのために、わざわざ用意してくれたのか。正弥くんも一緒に)

夏のホテルは繁忙期で、猫番館も七、八月は満室が続いているはずだ。

その中でも特に混み合う、お盆の宿泊予約がとれるとは。かなり前から計画して、はやめに客室を確保していたに違いない。

視線を落とした弘明は、あらためて宿泊券を見つめた。

千鶴子がこよなく愛したホテル。在《あ》りし日の思い出が色濃く残るあのホテルに、ひとりで行く気にはどうしてもなれなかった。けれど、彼女の魂がそばにいてくれるなら。

「……ありがとう、優花ちゃん」

顔を上げた弘明は、孫娘に向けて笑いかけた。

「千鶴子さんとふたりでもう一度、あのホテルに行ってみるよ」

八月十五日、十四時過ぎ。

フロントに入っていた要のもとに、グレーのアルペンハットをかぶった老紳士が近づいてきた。帽子をとったその人は、「こんにちは」と言って微笑む。

「すっかりご無沙汰《ぶさた》してしまったね。申しわけない」

「とんでもございません。ようこそおいでくださいました、柏木様」

一年半ぶりに来館した常連客に、要は笑顔で歓迎の意を示した。

(奥さんを亡くしたって聞いたから、憔悴《しょうすい》してるんじゃないかと心配したけど……)

久しぶりに会った柏木氏は、思っていたより元気そうだったのでほっとする。以前よりも痩《や》せたような気はするが、顔の血色はいいし、表情もおだやかだ。

宿泊者名簿に記入しながら、柏木氏が言う。

「妻が亡くなってから、なかなかこちらに足を向けることができなくて。そうしたら、孫とその婚約者が宿泊券をプレゼントしてくれてね。いまはお盆だから、帰ってきたおばあちゃんを連れていってやれと」

「一泊ですけど、お世話になります」

小型のボストンバッグを手にした女性が、要に向けて頭を下げた。彼女の背後でペット用のキャリーケースをかかえているのは、婚約者だという男性だろう。今回は柏木氏が猫番館に宿泊し、孫娘と婚約者は別のホテルに泊まるらしい。

「予約がとれたのが一部屋だけだったので……。次はぜひ、泊まらせていただきます」

「お待ち申し上げております」

要が合図をすると、近くで控えていた小夏が近づいてきた。

「柏木様、お荷物をお持ちいたします」

小夏が受けとった荷物は、キャリーケースとボストンバッグ。キャリーケースの中にいるのは、愛猫のプディングだろう。柏木夫妻の飼い猫で、一緒に旅行をするほど大事にされていることがうかがえる。

要はアクリル製のキーホルダーがついた鍵を、小夏に渡した。猫も宿泊できる部屋は限られている。部屋番号を確認した小夏は、うなずいて顔を上げた。

「お部屋は二〇二号室ですので、ご案内いたしますね」

「ありがとう」

小夏のあとについて、柏木氏が木製の階段をゆっくりとのぼっていく。猫番館にはエレベーターが設置されておらず、年配のお客にはあまり優しくないつくりだ。しかし柏木氏の足腰は、御年九十とは思えないほどしっかりしていた。

その姿が見えなくなると、孫娘が要に向き直る。

「明日、チェックアウトの時間に迎えに来ます」

「かしこまりました。おじいさまは私どもが誠意をもっておもてなしさせていただきますので、お二方も横浜観光をお楽しみくださいませ」

「ありがとうございます。今夜はちょっと奮発して、ディナークルーズの予約をしているんですよ。明日は祖父と三人で、山下《やました》公園の氷川丸《ひかわまる》を見に行く予定で」

彼女も今回の旅行を楽しみにしていたのだろう。声をはずませながら教えてくれる。

「祖父のこと、よろしくお願いしますね」

ふたりを見送った要は、業務をほかのスタッフにまかせてフロントを出た。事務室に戻ると、棚から例の小型金庫をとり出して、おもむろに蓋を開ける。

一年半前から保管し続けているペンダントに、要は優しく声をかけた。

「ついにあの方がいらっしゃいましたよ。やっと帰ることができますね」

このペンダントを身につけていた、本来の持ち主。

それは柏木氏の亡き妻、千鶴子氏だ。

要がペンダントを拾ったあと、すぐに千鶴子氏から連絡があった。次回の来館時に返却するという約束をしたのだが、いつまでたっても彼女は来ない。気になって連絡をしてみると、夫の柏木氏から彼女が亡くなったことを伝えられたのだ。

いまとなっては形見と化したペンダント。

すぐに引きとりに来るだろうと思ったのだが、予測ははずれた。

愛妻を喪った柏木氏の悲しみは深く、心の整理がつくまでは、猫番館には行けないと言われたのだ。その気持ちを尊重し、引き続きあずかってはいたものの、もう柏木氏が来館することはないのではとも感じていた。

だから先日、予約表に柏木氏の名を見つけたときはおどろいた。

ギフト券が使われていたため、本人の意思ではないかもしれないとは思っていた。実際は孫娘からのプレゼントだったので、その予想は当たっていた。

もしかしたら――

柏木氏も心のどこかでは、もう一度このホテルに行きたいと切望していたのではないだろうか。だからこそ、孫娘に背中を押してもらうことで、ふたたび足を踏み入れることができたのだ。孫娘の顔を立てただけなら、チェックインのとき、あのようにおだやかな表情にはなれないはず。

そんな柏木氏のためにできる、自分なりのホスピタリティ。それは……。

小型金庫をしまった要は、事務室を出て厨房《ちゅうぼう》に向かった。

出入り口から中をのぞくと、すぐに目的の人物を見つける。

「紗良さん」

調理台で作業をしていた彼女は、要の呼びかけに反応して顔を上げた。

「あ、ごめん。邪魔だったね」

「大丈夫ですよ。ちょうど一区切りついたところなので」

にこりと笑った彼女は、ボウルにラップをかけてから、こちらに近づいてきた。

静かな厨房には、紗良以外は誰もいない。そろそろ夕食の仕込みにとりかかる時間だから、その前に休憩にでも行っているのだろう。

「何かご用ですか？」

近くで見た紗良の頬《ほお》は、薔薇色だった。その表情も、早朝から仕事をしているとは思えないほど生き生きと輝いている。

誰よりもはやく起きて生地をこね、パンが焼ける香りを間近でかぎ続ける。

仕事とはいえ、毎日のようにパンばかり見ていて飽きないのだろうか？

以前にそうたずねてみると、彼女は「ありえません」と即答した。パンに対する愛と情熱は、決して涸《か》れない泉のように、無限に湧き上がってくるものらしい。義務的に仕事をこなすのではなく、いつでも楽しそうに見えるところは好感が持てる。

「紗良さんは今日も元気だね」

「はい、元気ですよ。健康が取り柄ですから！」

自信満々にガッツポーズを見せる姿は、とても無邪気で——可愛らしい。

(まいったな……)

要は彼女に気づかれないよう、わずかに視線をそらした。

心の奥底で生まれつつある感情に蓋をしてから、要は仕事の話に意識を戻した。

「さっき、柏木様がチェックインされたんだ」

「ペンダントのお客さまですね」

「例のものは用意できた?」

「もちろんですとも。いま持ってくるので確認してください」

紗良はくるりと背を向けて、奥にある冷蔵庫のほうへと向かう。

やがて戻ってきた彼女は、ステンレスの料理用バットを手にしていた。やや大きめのプリンカップが四つ、等間隔に並べられている。口の部分はラップで覆《おお》われ、小石のような金属の重石《おもし》が載せられていた。

「ベリーシロップは、ひと晩かけてじっくり染みこませました。あとは型から出して、飾りつけをすれば完成です」

「紗良さん、これをつくるのははじめてなんだっけ」

「そうですね。でもレシピが残っていましたし、材料がそろえば簡単でしたよ」

プリンカップの中に詰まっているのは、サマープディング。

英国では夏に食べるデザートの定番らしく、家庭でよくつくられているそうだ。

何種類ものベリーが使われており、見た目は華やか。甘酸《あまず》っぱいシロップにひたした食パンで形づくられたプディングの中には、ラズベリーやブルーベリー、ブラックベリーといった夏の果物がたっぷりと詰まっている。

「本場は赤スグリ《レッドカラント》や黒スグリ《ブラックカラント》も使うみたいですね。レッドのほうは日本だと入手がむずかしいんですよ。ブラックカラントはいわゆるカシスです」

「へえ」

「レシピはすぐに手に入る果物ばかりでしたよ」

紗良の言うレシピとは、彼女の前に働いていたパン職人が残したもの。

今回は一人用のプリンカップだが、もっと大きな型を使えば、大人数にも対応できるパーティーサイズに仕上げることもできるそうだ。

「柏木さまにお出しするのは、ひとつだけですけど。せっかくなので四つほどつくってみました。要さん、よかったらあとで試食してみます?」

「いいの?」

「依頼主は要さんですからね」

紗良はふんわりと笑いながら言う。

「美味しくできたはずなので、ぜひ召し上がってみてください」

「ありがとう。それじゃ、夕方の休憩のときにいただこうかな」

「要さんのぶんは、先に型からはずしてお皿に盛りつけておきますね。試食といえども見た目は大事ですから。食べ終わったら感想を教えてもらえると嬉しいです」

「了解」

口角を上げた要は、ふたたび紗良が持つバットに視線を落とした。

柏木氏の孫娘が購入した宿泊ギフト券には、グラスワインとスペシャルデザートをサービスするというオプションがついていた。本来は夕食時にサーブされるが、今回は食後に客室まで届けることにした。運ぶのはもちろん自分だ。

柏木氏は、猫番館の初期から泊まり続けてくれている、大切な顧客。

亡き妻を偲《しの》ぶ彼のために、要は紗良に頼んでサマープディングを用意した。

これは猫番館のホテリエである自分からの、ささやかな贈り物だ。


「ごちそうさまでした」

デザートスプーンを置いた弘明は、満足してつぶやいた。

口元をナプキンで拭いていると、若いウェイターが食後の珈琲《コーヒー》を運んでくる。湯気立つカップを鼻先に近づけると、珈琲特有の芳醇《ほうじゅん》な香りが鼻腔《びこう》をくすぐった。

（いやぁ……。実に美味しかった）

弘明は大きく息を吐いた。夢心地とはこういうことを言うのだろう。

一年半ぶりに堪能した猫番館の夕食は、期待にたがわず素晴らしいものだった。

白身魚にムール貝、車海老《えび》などの海の幸《さち》がふんだんに使われたブイヤベース。

若鶏《どり》のモモ肉を、白ワインビネガーでじっくり煮込んだ料理は、口に入れると簡単にほぐれてしまうほどのやわらかさ。

そしてデザートに出たラムレーズンのアイスは、ラム酒がきいた大人の味。

メイン料理だけではなく、前菜やつけ合わせ、パンといった品々も、食材が秘める旨味《うまみ》をみごとに引き出していた。

弘明はどちらかというと和食のほうが好きなのだが、猫番館の料理は素直に美味だと思う。オープンから十六年ほどが経過し、現在の天宮《あまみや》シェフは二代目だ。初代もかなりの腕前だったが、天宮シェフはその上をいくかもしれない。

珈琲を味わいながら、弘明は食堂に置かれたホールクロックに目をやった。

（八時半か……）

大人の背丈ほどもありそうな、深みのある色合いの振り子時計。

悠久の時を刻み続けるアンティーク時計は、クラシカルな洋館によく似合う。重厚で格調高い雰囲気を演出するにはもってこいの骨董《こっとう》だ。

時計から視線をはずした弘明は、ゆっくりと周囲を見回した。

家族連れはすでに引き揚げているのか、子どもはいない。夕食の第一弾は十七時半からはじまるので、はやめに予約をしたのだろう。

あたたかみのあるオレンジ色の明かりに、ゆったりとしたジャズ音楽。

落ち着いた空気が流れる食堂でくつろいでいるのは、夫婦や恋人、友人同士といった大人のお客だ。二人連れが多く、三人や四人のグループ客も見受けられる。ひとりで来ているのは自分だけのようだ。

――いや、ひとりではない。

カップをソーサーに置いた弘明は、向かいの席をじっと見つめた。

（そこにいるんだろう？　千鶴子さん）

テーブルの上に飾っているのは、持ち歩き用の写真立て。その中で、亡き妻は幸せそうに笑っている。

このころはまだ健康で、体つきもふっくらしていた。病の気配もなかったのに……。

写真は何年か前、このホテルで撮ったものだ。薔薇がきれいな季節に宿泊し、ローズガーデンの中にある西洋風東屋《ガゼボ》をバックに撮影した。妻はこの写真がいたく気に入り、これを遺影にしてほしいと言ったくらいだ。

(そろそろ部屋に戻ろうかな)

珈琲を飲み終えた弘明は、椅子を引いて立ち上がった。

「ごちそうさまでした。とても美味しかったと、天宮シェフに伝えておいてくれるかな」

「かしこまりました」

控えていたウェイターに会釈《えしゃく》をしてから、弘明は食堂をあとにした。

静かなロビーを通って階段を上がり、踊り場でふと立ち止まる。赤と青の薔薇をモチーフにしたステンドグラスは、いつ見ても美しい。はじめて目にしたときは、千鶴子とともに、うっとりながめていたことを思い出す。

『――弘明さん、ここ見て。山手に新しいホテルができるんですって』

十六年前のある日。横浜を特集した旅行雑誌のページを広げ、千鶴子は声をはずませながらそう言った。

『昔の洋館をホテルに改装したのね。名前も可愛い』

『猫と一緒に泊まれるから、猫番館か』

『ローズガーデンもあるみたいよ。こういう洋風な雰囲気、すごく心惹《ひ》かれるわ』

横浜で生まれ育った千鶴子は、弘明とお見合い結婚をしてその地を離れた。

住み慣れた故郷を去るのが嫌で、はじめは結婚も渋っていたというのは、何十年もあとから聞いた話。千鶴子は笑いながら教えてくれたが、それだけ横浜という町に愛着を抱いていたのだろう。

和服よりも洋服。和食よりも洋食。そして日本家屋よりも西洋館。

そんな彼女の趣味に、ホテル猫番館が合わないはずがない。弘明と千鶴子は、ホテルがオープンするや否《いな》や予約を入れ、それからも定期的に泊まりに行った。おそらく常連の中でも最古参だろう。

だからこそ、千鶴子がこの世を去ってからは、意図的に来館を避けていた。

彼女と過ごした幸せな日々を思い出し、余計につらくなってしまう気がして――

弘明は自分の胸に手をあてて、自問する。

(……どうだろう。僕はいま、つらい気持ちになっているか?)

――否。よみがえってくるのは、在りし日の妻の笑顔ばかりだ。

千鶴子を喪って一年。はやくお迎えが来ればいいと思っていたのに、この体はまだまだ元気だ。猫番館の夕食はとても美味しく感じたし、ステンドグラスのあざやかな色合いを美しいと思える感情も残っていた。

悲しみが消えたわけではないけれど、かつてのような絶望感はあまりない。

多少の時間を置いたことで、心が落ち着いたのだろうか。妻との思い出が色濃く残るホテルに来ても、なつかしく感じることはあれ、悲しくなることはなかった。

それに自分は、ひとりぼっちになったわけではない。

千鶴子は去ってしまったが、自分のことを気にかけてくれる孫がいる。その孫と一緒になる予定の青年もいる。ふたりの間に子どもができたら、その子は弘明のことを「ひいおじいちゃん」と呼んでくれるのだろうか。

「ひいおじいちゃんか」

(うん、悪くない)

口元に笑みを浮かべた弘明は、ほんわかとした気分で客室に戻った。

ベッドの上では、キャットフードでお腹《なか》を満たしたプディングが、満足した様子で寝転がっていた。弘明がベッドに腰を下ろすと、甘えるように顔をすり寄せてくる。

なめらかな毛並みを撫《な》でながら、弘明はぽつりと言った。

「きみとはもうすぐ、離ればなれになるね……」

「ニャー……」

こちらの言葉がわかっているのか、プディングもさびしげな声を出した。

弘明とプディングは、この秋から離れて暮らすことが決まっている。

永遠の別れというわけではないし、会おうと思えば会えるだろう。しかし、これまでのように毎日顔を合わせることはできなくなる。しかたのないことなのだけれど、仔《こ》猫のころから可愛がっている愛猫と離れるのはつらかった。

プディングは十数年前、知り合いから譲り受けた猫だった。

自分も千鶴子も、すでに高齢。長く生きる動物を飼うつもりはなかったのだが、ほかにいい飼い主が見つからなかったので引きとったのだ。実際に迎えてみると、あどけない仔猫の愛らしさに、夫婦ともどもすっかり夢中になってしまった。

『弘明さん、プーちゃんは元気？』

千鶴子も入院中は、よくプディングのことを気にかけていた。

『まあ、優花ちゃんがいれば大丈夫だとは思うけど。はやく退院して会いたいわ』

その願いはかなうことなく、千鶴子が家に帰れたのは、亡くなってからのことだった。

「プーちゃん。最後まで面倒を見てやれなくて、すまないね」

「ニャー……」

「きみは優花にもなついている。正弥くんも猫好きだから、きみのことを可愛がってくれるはずだよ。僕もときどき会いに行くから……」

優しく話しかけていたとき、出入り口のドアがノックされた。

(そういえば、ルームサービスが来るって言っていたな)

立ち上がってドアを開けると、そこにはコンシェルジュの青年が立っていた。オーナー夫妻の息子で、ホテル猫番館の後継者でもある人物だ。

「お休みのところ失礼いたします。ワインとデザートをお持ちしました」

「ありがとう」

夏といえばビールだが、弘明はどちらかというとワインのほうが好きだ。夕食後に一杯のワインを飲むことを、毎日のささやかな楽しみにしている。今日はあとからワインが届くと聞いていたので、夕食では飲まなかった。

「それではセッティングさせていただきますね」

室内に入った彼は、優雅な動きで準備を進めていった。

テーブルの支度が終わると、弘明はうながされるまま、窓辺の椅子に腰を下ろす。

酒瓶《さかびん》を手にした彼は、慣れた手つきでグラスに赤ワインをそそいでいった。そしてデザート皿を覆っていたドームカバーがはずされた瞬間、弘明は大きく目を見開く。

「サマープディング……!?」

金色の縁取りが美しいデザート皿に盛りつけられていたのは、小ぶりのサマープディングだった。赤紫色に染められたプディングは、苺《いちご》やブルーベリー、ミントの葉で飾りつけられ、生クリームが添えられている。

「千鶴子様はこのデザートがお好きでしたね。夏にお泊まりになる際は、ご予約時にいつもリクエストされていらっしゃいました。今回も僭越《せんえつ》ながら、ご用意させていただきました次第です」

弘明の脳裏に、美味しそうにサマープディングを頬張る妻の姿が思い浮かぶ。

「……二十年くらい前にね、妻とふたりでイギリスを旅行したんだ。そのときに食べたサマープディングが、妻の心を鷲《わし》づかみにしたらしくて。我が家でも夏の風物詩にしようと言って、家でもよく手づくりしていたよ」

フォークを手にした弘明は、サマープディングを小さく切って口に入れた。

甘酸っぱいシロップがたっぷり染みこんだ食パンに、中に詰まったベリーの砂糖煮。甘口の赤ワインも、フルーティーなプディングとよく合っていた。千鶴子が気に入っていた組み合わせで、これぞマリアージュだと言っていたのを思い出す。ワインと料理の相性がよいことを、結婚になぞらえてそう呼ぶらしい。

妻がこよなく愛したデザートを賞味していると、夫婦で積み重ねた思い出が次から次へとあふれ出てきた。最愛の人の笑顔は、いまでも心の中で輝いている。

「柏木様」

目を閉じてじっくり味わっていた弘明は、ゆるゆるとまぶたを開いた。床に片膝をついた彼が、白いハンカチの上に置いたペンダントを差し出している。

「千鶴子様が大事に身につけていらしたものです。どうぞお受けとりくださいませ」

ペンダントヘッドになっているのは、プラチナ製の結婚指輪。サイズが合わなくなってからは、チェーンに通して首からさげていたのだ。鎖が切れてしまったのは、その後に起こる不幸を予言していたのかもしれない。

ホテルに連絡した千鶴子は、次の来館時に引きとると言った。しかしそれからすぐに病で倒れ、入退院を繰り返すようになってしまったのだ。

やはり書留で送ってもらおうかと言うと、千鶴子はそれを拒絶した。

『病気が治って元気になったら、自分の足でとりに行きたいの。だからもう少しだけ、あずかってもらうようにお願いしておいてくださいな』

千鶴子が大事にしていた結婚指輪。本人の手に戻ることはなかったけれど、自分が代わりに持ち帰ろう。そして彼女の仏壇に供えるのだ。

時間はかかってしまったが、これで千鶴子もほっとひと息つけるだろう。

「……実はこの秋から、老人ホームに入ることになってね」

受けとったペンダントを見つめながら、弘明は静かな口調で言った。

「同居していた孫の結婚が決まったことで、やっと決心がついたよ。家事もろくにできない九十の老人が、ひとり暮らしなんてできないからね。家もそれなりの値で売れたし、そのお金でホーム暮らしをしようかと」

「さようですか……。プディングくんも一緒に？」

「残念ながら、僕が行くホームはペット禁止でね。プディングは孫が引きとってくれることになったんだ。さびしくなるけど、孫たちが可愛がってくれると信じているよ」

ハンカチをふところにしまった彼は、おだやかに微笑みながら口を開いた。

「ホームに入居しても、申請をすれば旅行はできると聞きました」

「そうみたいだね」

「今後もご愛顧のほど、よろしくお願いいたします。いつでもお待ちしておりますので」

ぱちくりと瞬《まばた》いた弘明は、「もちろんだとも」と笑った。

そうだ。ホーム住まいになっても旅行はできる。引きこもるにはまだはやい。

「あの世でたっぷり土産話をするためにも、この世の旅を楽しまないとな」

Tea Time

三杯目

お盆――

日本では主に八月半ばに行われる、いわずと知れた夏の伝統行事です。テレビで得た情報によると、亡くなられた方々の霊魂が、あの世と呼ばれる場所からこちらに戻ってくる期間だそうですね。迎え火に送り火。精霊《しょうりょう》流しに盆踊り。死者にまつわる行事の数々は、風情を感じると同時に、どこかせつない気持ちにもなります。

キュウリやナスといった野菜を乗り物に見立てるのも、おもしろい風習ですね。わたしはなぜかキュウリが怖いので、乗るのは遠慮したいのですが……。どなたかキュウリ以外の駿馬《しゅんめ》を開発してくださいませ。

盆踊りは楽しそうで、一度は経験してみたいのですが、わたしのようなイエネコにはなかなかその機会がありません。ホテルに集う野良《のら》猫たちの社会では、似たようなダンスパーティーがあるらしいので、いつかは参加してみたいものです。

お盆はお休みになる会社も多いため、旅行に出かける絶好の機会でもあります。ニュースで毎年とり上げられる、お盆名物の帰省ラッシュ。わたしは見ているだけですが、渋滞に巻きこまれた人は大変でしょう。

空港や駅も、画面の向こうは人でごった返していて——

……いま、テレビばかり観ている猫だなと思いましたね？

別によいではないですか。人間社会の情報を手に入れるのに、あの大きな板は非常に役に立つのです。

要《かなめ》は「マダムはテレビっ子だね」とからかいますが、気にしません。寮のリビングではテレビがついていることが多いので、とても楽しく鑑賞させてもらっています。人間は主に片手で持てるサイズの板を駆使して情報を得ているようですが、わたしはこれからもテレビを愛し続けることでしょう。

——ああ、また前置きが長くなってしまいました。

わたしのテレビに対する愛は、またの機会に語ることにして。

「マダム、ちょっといいかな」

八月十六日の九時半過ぎ。公休日のメンバーと一緒に朝の情報番組を観ていると、制服姿の要に声をかけられました。ホテルから戻ってきたようです。

「柏木《かしわぎ》様がお帰りになるよ。プディングくんに挨拶《あいさつ》しておいで」

『あら、それは大変！　間に合うかしら』

「大丈夫。マダムと会うまでは待っててくれるってさ」

例によって、わたしと要の意思疎通はばっちりです。

要に抱かれてホテルに向かうと、ロビーのソファには荷物をまとめた柏木様と、愛猫《あいびょう》のプディング様が座っていました。床に下りたわたしが近づいていくと、帽子をはずした柏木様が笑顔を見せます。

「名残《なごり》惜しいけど、そろそろお暇《いとま》させていただくよ。また会おう」

『お待ち申し上げておりますわ』

柏木様は、最古参の常連客。長年ご夫婦で宿泊されていましたが、奥様が亡くなってからは足が遠のいていたそうです。仲睦《むつ》まじいおふたりの姿を、もう見ることができないのかと思うと、やはり悲しくなってしまいます。

また会おうと言ってくださったということは、柏木様はこれからも、猫番館に宿泊されるおつもりなのでしょう。ここには奥様と過ごした在《あ》りし日の思い出が、数多く残されています。ひとつひとつたどることで、亡き人を偲《しの》んでいかれるのかもしれません。

『マダム殿』

続けて話しかけてきたのは、プディング様でした。

『貴殿と相まみえるのは、これが最後になるやもしれぬ。いろいろと世話になり申した』

可愛《かわい》らしい名前に反して、プディング様は古めかしい話し方が特徴の殿方です。

柏木様が人間客の最古参なら、プディング様は猫客の最古参。わたしが生まれるよりも前から、このホテルを利用されているお方です。このたび柏木様が老人ホームに入居されることが決まり、プディング様はお孫さんに引きとられるとか……。

『優花《ゆうか》殿も婚約者殿も、猫を愛する善人だとわかっている。我があるじと離れることはさびしく思うが、これも運命なのであろう。老人ホームとやらに入ることで、あるじが長生きできるのならば、それに越したことはない』

『そうですね。でも、最後になるとは限りませんわよ』

わたしはちらりと視線を動かしました。その先にいたのは、お孫さんとその婚約者。おじいさま方を迎えに来た彼女は、要と何やら話をしています。

「新しい生活が落ち着いたら、プーちゃんと一緒に泊まりに来ますね!」

『おお……!』

歓喜の声をあげるプーちゃん……もといプディング様とは、これからも長くおつき合いしていきたいものです。

四泊目

病める時も
健やかなる時も

揚げ物の香りというのは、どうしてこうも食欲をそそるのだろう。

油の中でパチパチと音を立て、こんがりと色づいていくカレーパンを見つめながら、紗《さ》良《ら》は思わず口元をゆるませた。菜箸《さいばし》を使って何度かひっくり返しつつ、ムラのないよう焼き色をつける。

（そろそろいいかな）

きつね色に揚がったパンは、網目の細かいザルつきバットに載せて油を切る。菜箸の先で衣を撫《な》でると、カリカリという小気味よい音。目の粗《あら》いパン粉をまぶして揚げることでボリュームを出し、食べごたえもアップさせている。

粗熱がとれたところを見計らって、紗良はバットを持ち上げた。厨房《ちゅうぼう》の隅《すみ》にある事務用机で、秋のディナーコースを思案中の隼介《しゅんすけ》に声をかける。

「天宮《あまみや》さーん」

「なんだ」

「カレーパンがついに完成しましたよ！　休憩がてら、一緒に試食をしましょう」

隼介はゆっくりとふり向いた。メニューの組み立てに悩んでいるのか、眉間《みけん》に深いしわが刻まれている。目つきも三割増しで凶悪になっていた。紗良は慣れているけれど、はじめて見る人は、その迫力に恐れおののくに違いない。

隼介が手がけるコース料理は、何よりも季節感を大事にしている。

旬の食材をふんだんにとり入れ、各品で使う素材やソース、調理法などができるだけかぶらないよう気を遣う。そのうえ予算との兼ね合いもあるため、最良のメニューができるまで、何日も悩み抜いているらしい。

彼ほど才能のある人なら、迷うことなくパパッと組み立ててしまいそうだが、そんなことができるシェフはめったにいない。料理人として天才の域に入るのは間違いないとは思うけれど、隼介は周囲が賞賛しても驕《おご》ることなく、己の道を黙々と突き進んでいる。そのストイックな姿勢は見習いたい。

紗良はバットに載せたカレーパンを、これみよがしに見せびらかした。

「できたては最高ですよ。そろそろ夕食の仕込みもしないといけませんし、美味《おい》しいものを食べればいいアイデアが浮かぶかも」

「まあ、そうかもな……」

肩をすくめた隼介が、疲れた表情で天井をあおぐ。

「決まりですね。少々お待ちを」

パン切りナイフを手にした紗良は、ふっくらとしたカレーパンに刃を入れた。ザクザクという音とともに、真ん中から半分に切り分ける。

（ああ……スパイスのいい香り）

からりと揚がった生地の中に入っているのは、自家製のカレーフィリング。多少の空洞ができているが、これは揚げることで生地が急激に膨張するためである。

カレーパンはいわずと知れた、日本生まれの惣菜《そうざい》パンだ。

洋食の人気メニューであるカレーライスと、パン粉をまぶして揚げたカツレツ。カレーパンは、これらの料理をヒントにして誕生したといわれている。日本人は今も昔も、カレー好きな人が多い。現在でも定番の惣菜パンとして、根強い人気を誇っている。

「どうぞ。中はまだ熱いかもしれませんので、気をつけて」

「ああ」

お腹《なか》がすいていたのか、隼介は受けとったカレーパンにかぶりついた。紗良も半分にしたパンを一口食べる。

揚げたては表面がカリッとしているし、歯切れもいい。粘り気のあるカレーフィリングはどちらかというとマイルドで、子どもでも食べやすいよう辛さを調整している。スパイスの深みのある味と香りも、しっかり感じられた。

「天宮さん、いかがですか？」

「美味《うま》い」

「！」

短いけれど、これ以上ないほど嬉《うれ》しい賛辞。お世辞を言うような人ではないから、本当に美味しいと思ったのだろう。紗良の表情がぱあっと輝く。

「このフィリング、うちのビーフカレーを使ったんだよな？」

「はい。そのままだと合わないので、フィリング用にアレンジはしましたけど」

猫番館《ねこばんかん》のオリジナルカレーをベースに、新作パンをつくりたい。

そんな野望を抱いたのは、いまから一年近くも前のこと。

先代のシェフからレシピを受け継ぎ、隼介が改良した欧風《おうふう》ビーフカレーは、主に喫茶室とルームサービスで提供されている。最初は残り物でつくっていたが、お客に出すようになってからは食材を厳選し、洗練されたカレーに昇華したそうだ。

仔《こ》牛の骨と香味《こうみ》野菜を煮込んで出汁《だし》をとったフォン・ド・ヴォーに、選び抜かれたスパイス。口の中でほろりと崩れる牛肉の旨味《うまみ》は、一度食べたら忘れられない。熱烈なファンも多く、このカレーを目当てに喫茶室に通う常連もいるくらいだ。

鍋の中に残っていたビーフカレーを、賄《まかな》いではじめて食したとき、あまりの美味しさに衝撃を受けた。そして同時に、この味を生地の中にとり入れて、理想のカレーパンをつくれないかと思ったのだ。

元のカレーはそのまま使うと、汁気が多くてまとまらない。そのため水分を飛ばし、粘り気のあるフィリングにつくり変える必要があった。外側のパンに合うよう、味つけや辛さも細かく調整していかなければならない。

土台にしたカレーの魅力を活かし、なおかつパン生地にもマッチしたフィリングに仕上げる。普段は通常業務が忙しく、季節商品の開発を優先しなければならないため、カレーパンは腰を据《す》えてじっくり研究していた。

そして季節はめぐり、ついに納得がいくカレーパンができあがったのだ。

「時間はかかりましたけど、あきらめなくてよかったです」

心地のよい達成感に包まれながら、紗良は完成したフィリングを噛《か》みしめる。

「いつから販売するんだ?」

「できれば九月からがいいなと。あと半月ありますし、準備はできると思います」

「わかった。原価計算はしっかりやっておけ」

「はい!」

話をしている間に、隼介はカレーパンを食べ終えていた。

おもむろに右手を伸ばし、ふたつ目をつかんでかじりつく。今度は香りや口当たりをたしかめているのか、じっくり味わっている。

「カレー粉か……」

「え？」

手を止めた隼介は、宙を見つめながら何事か考えている。

「――骨つき仔羊のローストに、カレー風味のソースはどうだ？　つけ合わせはバターライスか、人参《にんじん》もしくはマッシュルームのグラッセ……。いや待てよ、キノコを使うならトリュフのムースにしてもいいかもしれない」

隼介の口から、流れるように言葉が出てきた。カッと目を見開いた彼は、食べかけのカレーパンを手にしたまま、脇目もふらずに机に向かう。そしてペンを握るや否《いな》や、アイデアノートに猛然と文字を書き連ねていく。

（メニューのインスピレーションが浮かんだみたいね）

ほっと胸を撫で下ろしたとき、内線電話が鳴った。ルームサービスだろうか。

「はい、厨房です」

『あ、その声は紗良ちゃんね』

聞こえてきたのは、気品のある女性の声。ホテル猫番館のオーナーにして、要《かなめ》の養母でもある本城綾乃《ほんじようあやの》だ。夫の本城氏は多忙な人で、あまりこちらに来ることができない。そのため実質的な経営は、妻の綾乃にまかされていた。

『忙しいのにごめんなさいね。会議が長引いて、お昼を食べそこねちゃったの。賄いの残りがあったらいただきたいのだけれど』

「でしたらカレーパンはいかがですか？　焼きたてですよ」

『いいわね！　要もいるから、ふたり分お願いできる？　いまとりに行かせるから』

「時間があるので、わたしがお持ちします。オーナー室でよろしいですか？」

電話を切った紗良は、カレーパンをカゴに入れて厨房を出た。

同じ階にあるオーナー室をたずねると、応接用のソファには綾乃と要が向かい合って腰かけていた。テーブルには何枚もの書類やファイルが散乱している。

「支配人もいたのだけれど、もう仕事に戻ったのよ」

テーブルの上にカゴを置くと、さっそく綾乃が手を伸ばす。

ホテル猫番館の最高責任者として働く彼女は、成人したふたりの子を持つ母親とは思えないほど若々しい。まだ四十代半ばなので若くはあるのだが、どこか少女めいた雰囲気を持つ、ふんわりした印象の女性だ。

本日のファッションは、白地に青い花模様がプリントされたサマードレスに、ネイビーの夏用カーディガン。これでつばの広い帽子をかぶれば、リゾート地で優雅に過ごす有閑《ゆうかん》マダムにしか見えないだろう。

一方の要は、普段通りの制服姿。さしずめマダムに仕える執事といったところか。

そんなことを考えていると、ふたりがカレーパンを食べはじめた。どちらも一口で表情をゆるませる。

「あら～、美味しい！　まだちょっとあたたかいし、衣がサクサク」

「中のフィリングも、幅広い層に好まれそうな味つけだ。もしかして新商品？」

「ええ。一年近くをかけて開発した自信作です。来月から販売する予定で」

「パンの売り上げはたしか……。圧倒的一位が黒糖くるみあんパンで、次が薔薇酵母《ばらこうぼ》のブールだっけ。あんパンを超えるのはむずかしいかもしれないけど、ブールと並ぶくらいのヒット商品になるといいね」

「はい！」

笑顔でうなずいた紗良は、テーブルの上に置かれたものに目を落とした。

「ウェディングドレス……」

散乱しているのは、純白のドレスや色あざやかなカラードレス、そしてタキシードのカタログだった。ホテルや結婚式場、ゲストハウスのパンフレットも置いてある。さらにはかの有名な、分厚い結婚情報誌まで。これはいったい……？

「要の結婚式はどんな感じがいいかしらって、話していたのよ」

「え？」

紗良は思わず声をあげた。思考停止は一瞬で、すぐに血の気が引いていく。

（結婚式？　要さんの？）

式を挙げる予定があるなら、その人には決まった相手がいるというわけで……。

「あああ、あの、いつの間にそんなことに……？　要さん、ちょっと前に恋人はいらないとか言っていたじゃないですか。あれは嘘《うそ》だったんですか？」

おろおろする紗良を見て、綾乃がおどろいたように目をしばたたかせる。

「紗良ちゃん？　あなた、もしかして……」

「母さん」

綾乃の言葉をやんわりとさえぎった要は、苦笑しながら紗良を見上げた。

「何か誤解してるみたいだけど、俺の結婚式云々《うんぬん》は『もしも』の話だよ。実際に予定があるわけじゃない」

「え……」

「よくあるだろ？　予定はないけどパンフレットを見て、旅行の計画を立てるとか」

「そ、そういうことでしたか。た、大変失礼いたしました……」

（うう、なんというカン違いを……！）

紗良は真っ赤になってうつむいた。あまりの恥ずかしさに顔が上げられない。

ここぞとばかりにからかわれるかと思ったが、要はそれ以上は何も言ってこなかった。こちらが本気で困るような話題には、絶対に触れてはこない人なのだ。いまはその気遣いに救われる。

(でも、この状況をどうすれば……)

ぐるぐる考えていると、要が先に口を開いた。

「来年の五月にね、猫番館でブライダルフェアを開催する計画があるんだ」

「ブライダルフェア……？」

少しだけ目線を上げた紗良に、彼は何事もなかったかのような表情で続ける。

「聞いたことない？　挙式予定のカップルに、模擬挙式や模擬披露宴を体験してもらうイベントのこと。家族や友だち同士で参加することもあるけどね」

「あ、それならテレビで観たことがあります」

「衣装の展示もあるし、コース料理の試食もできる。それをうちでやってみようかと」

「チャペルがあれば、キリスト教のお式が挙げられるのよねえ。あいにくうちでは人前式しかできなくて」

綾乃が残念そうにため息をつく。

人前式は宗教にとらわれず、列席したゲストに結婚を誓うスタイルだ。キリスト教式とは異なり、神父や牧師を呼ぶ必要はなく、チャペルや教会がなくてもできる。そのため猫番館で式を挙げる場合は、人前式に限定されていた。

「別の場所で式を挙げてから、パーティーのみ猫番館でやることもできるけどね」

式場のパンフレットを手にした要は、眼鏡を押し上げて言う。

「春の目玉になるようなイベントを考えたとき、思いついたのがこれだったんだよ。ブライダルフェアはまだ一度もやったことがないから新鮮だし、ホテルの雰囲気にも合っている。五月は薔薇の季節だし、ガーデンパーティー形式もいいなと思って」

「ガーデンパーティー！　素敵です！」

心躍《おど》るイベントに恥ずかしさも忘れ、紗良は声をはずませた。

「イメージとしては、ゲストハウスウェディングに近いかな。その日はホテルを貸し切りにして、参加者のみ泊まれるようにする。大がかりなものになるから、今回はイベント会社に依頼して、運営を手伝ってもらうことにしたんだ」

「来年の五月ですか……。楽しみですね」

「まだ半年以上も先だけど、時間がたつのはあっという間だからね。いまから少しずつ準備を進めておかないと」

話が終わって部屋を出ようとしたとき、綾乃に声をかけられた。

「紗良ちゃん、さっきはおどろかせてごめんなさいね。お詫《わ》びにこれをあげるわ」

受けとったのは、二枚の招待券だった。江《え》ノ島《しま》のすぐ近くにある、有名な水族館だ。

「知り合いからいただいたのよ。娘にあげようかとも思ったんだけれど、いらないって言われちゃったの。独特のにおいが苦手なんですって。紗良ちゃんは大丈夫？」

「わたしは平気ですけど……。いただいてもよろしいんですか？」

「もちろんよ。海が目の前だし、夏のデートにぴったり！　彼氏と行ってらっしゃいな」

「ええと、すみません。あいにくおつき合いをしている方はいなくて……」

「あらそうなの？　それは好都合……いえいえ、なんでもなくてよ」

わざとらしく咳《せき》払いをした綾乃は、きらりと目を光らせて要を見る。

「そういうことならぜひ、うちの息子をお供に連れて行ってあげてほしいわ」

「えっ⁉」

「母さん、何をいきなり……」

おどろく紗良と要に、綾乃はにっこり笑って続ける。

「要は子どものころから、水族館が大好きなのよねー。結奈《ゆいな》ははやく帰りたがっているのに、いつまでもクラゲの水槽から離れなくて」

（要さんはクラゲ好き……）

心のノートに書き留める。昔のことを掘り起こされた要は微妙な顔をしているが、否定しないところを見ると事実なのだろう。

「あの……。要さんは最近、水族館に行きましたか？」

「池袋《いけぶくろ》の水族館には行ったけど。半年くらい前だから、最近と言えるかどうか」

「どなたかと一緒に？」

「ひとりだよ。クラゲのエリアは見ごたえがあってよかったな……」

要は恍惚《こうこつ》とした表情で言った。本当に好きらしい。

紗良は手元の招待券に目を落とした。ほしいものがあるのなら、自分のほうから動かなければ。断られるかもしれないけれど、勇気を出して――

ひとつ深呼吸をした紗良は、意を決して口を開く。

「要さん！　せっかくの機会ですし、その、一緒にクラゲを見に行きませんか？」

「え……」

「わたしもクラゲが見たいです。イルカやアシカのショーとかも。要さんはひとりで行くほうがお好きなのかもしれませんけど、たまにはふたりも楽しいのではないかなと。江ノ島の水族館、わたしは小学生のころに行ったきりですし」

「………」

「その、ええと、無理にとは言いませんが……」

早口でまくし立てていた紗良は、我に返ってうつむいた。彼はどう思っただろう？

じりじりしながら返事を待っていると、やがて小さく笑うような気配がした。

「――いいよ」

「!!」

はじかれたかのように顔を上げた紗良に、要は微笑《ほほえ》みながら言った。

「水族館、一緒に行こうか」

半月後――

公休日が重なった、九月のはじめ。紗良と要は連れ立って、従業員寮をあとにした。

最寄りの石川町《いしかわちょう》駅から電車を乗り継ぎ、片瀬《かたせ》江ノ島駅で降りる。竜宮城のような外観の駅舎を出た瞬間、強い日差しが照りつけてきた。

「着きましたねー！」

「うわ、やっぱり暑いな……」

海の香りをふんだんに含んだ空気を吸いこむと、要がまぶしそうに目を細めた。

――たしかに暑いけれど、晴れていてよかった。

せっかくのデート（と思いたい）なのだから、天気がいいほうがより嬉しい。この日のために買っておいたサンダルを見つめながら、紗良は口元をゆるませた。

夏らしくさわやかな白いサンダルは、小夏《こなつ》と買い物に行ったとき、ひとめぼれして購入したものだ。ヒールはなくフラットだし、ストラップもついているから歩きやすい。何度か試し履《ば》きをしたので、靴擦《ず》れ対策もばっちりだ。

気合いが入りすぎていても恥ずかしいため、服装は前から持っているサックスブルーのカットソーとサブリナパンツにした。メイクは以前、泉《いずみ》からもらった試供品を使い、なんとかそれらしい顔に仕上げている。

『夏のメイクの天敵は、なんといっても汗ですね。化粧崩れを防ぐためにも、下地づくりは手を抜かないこと。ファンデは薄づきにして、最後にフェイスパウダーをつければ、さらさらの肌になりますよ』

『はい！』

『崩れにくいとはいえ、お直しはササッとでもいいのでこまめにやってね』

泉のアドバイスを参考にメイクをほどこしてみると、仕上げに使ったフェイスパウダーのおかげか、素顔よりも透明感のある印象になったような気がする。ベージュを基本にしているのだが、普段よりも少し大人っぽさが出た感じだ。

要は紗良がお化粧をしていることにすぐ気づき、笑顔で褒めてくれた。彼にとってはなんてことのない社交辞令なのかもしれないが、嬉しくなって心がはずんだ。

「さて。水族館にはどう行けば……?」

「こっちだよ。大通りに出たら、あとはまっすぐ進むだけ」

「なるほど。ではさっそく行きましょう」

愛用している日傘を開くと、要が感心したように言う。

「日傘の中でも、白のレースはお嬢様って感じだよな。紗良さんによく似合ってる」

「ありがとうございます。これ、弟からの誕生日プレゼントなんですよ」

「へえ。紗良さんの誕生日っていつ?」

「六月十七日です」

「ということは、双子座か」

折りたたみではない日傘をさした紗良は、要と並んで歩きはじめた。

「何がいいかって訊《き》かれたので、こういう感じの日傘がほしいなってリクエストしたんです。うちの弟、いま大学二年なんですけど、バイト代で買ってくれて」

「現役合格なら、今年で二十歳《はたち》かな？　うちの結奈よりふたつ下か」

「あ、結奈さんといえば。就職はもう決まりましたか？」

「おかげさまで、第一志望の商社に内定したよ」

「よかった！　おめでとうございます」

朗報を聞いて、紗良はほっと胸を撫で下ろした。要の妹は猫番館に宿泊したことがあるので、顔見知りなのだ。無事に就職が決まったのならよろこばしい。

「都内の会社で、実家から一時間以内で行けるみたいだよ。だから当分は、実家から通勤してお金を貯めるんだってさ」

「堅実ですねえ」

「最後の関門は卒論だな。結奈は俺より頭がいいし、難なくクリアするとは思うけど」

何気ない話をしているうちに、大通りに出た。まっすぐ歩いていると、要が言っていた通りに水族館に到着する。大学以外の夏休みは終わっているし、平日だから混んではいないだろうと思ったが、意外に人でにぎわっていた。

「やっぱり家族連れは少ないですね」

「見たところ、カップル客が多そうだな。大学生ならまだ休みだし」

（カップルかぁ……）

大水槽の中でひらひらと泳ぐエイの姿をながめていた紗良は、隣に立つ要をちらりと見た。彼は水槽に釘づけになったまま、少年のように目を輝かせている。普段は落ち着いた大人の男性という感じだけれど、新たな一面を知ることができた。

こうして並んでいると、ほかの人には自分たちもカップルに見えるのだろうか。

気恥ずかしさを感じつつも、心がくすぐられる。

――そういえば……。

「要さん」

「ん?」

「今日はカメラ、持ってこなかったんですね」

カメラが趣味の人だし、絶好の撮影日和《びより》だから、立派な一眼レフを持ってくるだろうと思っていた。しかし要の荷物にそれらしきものはなく、写真もスマホで申しわけ程度に撮るだけ。何か理由があるのかもしれない。

「誰かと出かけるときは、カメラは持っていかないことにしてるんだ」

ふたたび水槽に目を向けた要が、静かな口調で答えた。

「撮影に集中すると、どうしても相手を蔑《ないがし》ろにしがちだから……。それで怒られたことも何度かあるしね。だからひとりのとき以外は、本気の撮影はしない」

つまり、今日はカメラよりも、紗良と過ごす時間のほうを優先してくれたのか。

ほかの誰と出かけてもそうなのだろうが、独りよがりにならないよう、相手のことを気遣ってくれるのは嬉しい。紗良としても、真剣にカメラをかまえている要に声はかけづらいし、かといって放っておかれるのもさびしく思う。

せっかく一緒にいるのだから、やはりお互いの目を見て話がしたい。

要も同じように思ってくれていればいいのだけれど……。

「そろそろクラゲのほうに行ってみようか」

「そうですね」

大水槽を離れた紗良と要は、クラゲが展示されているホールに向かった。

「うわぁ……」

透明感があって幻想的。水の中をふわふわと自由にただようクラゲたちの動きは、思わず視線が吸い寄せられてしまうほどに美しい。

クラゲ好きだという要は、水槽の目の前に立ち、うっとりした表情で水の中を見つめていた。さきほどの大水槽も楽しそうではあったが、いまは明らかに顔つきが違う。放っておけば何時間でもながめていそうな雰囲気だ。

「きれいですねえ」

「ああ……。やっぱりクラゲはいいな。いつ見ても癒《いや》される……」

満足そうな要の姿を、隣で微笑ましく見守っていたときだった。

「───本城さん？」

背後から聞こえてきた女性の声に、要はもちろん、紗良もおどろいてふり返る。

「ああ、やっぱり本城さんだわ。奇遇ですね」

「土屋《つちや》さん……!?」

要の両目が大きく見開かれる。なぜここに、といった表情だ。

にこやかに話しかけてきたのは、三十代の前半くらいに見える年齢の女性だった。後れ毛を遊ばせたゆるめのお団子ヘアに、小柄でふくよかな体つき。ネイビーのトップスにワイドパンツを合わせた彼女は、戸惑う紗良を見て表情をほころばせる。

「今日はきれいな彼女とデートですか。隅に置けませんね」

「か、彼女だなんて」

頰《ほお》がかあっと熱くなる。いつかはそうなれたらいいなとは思うけれど……。

「その、私は彼女ではなくて、職場の同僚なんです。たまたまオーナーから招待券を二枚いただいたので、成り行きで一緒に出かけることになった次第でして」

動揺するあまり、初対面の人に言わなくてもいいことばかり口にしてしまう。

あたふたする紗良の肩に手を置いた要が、「落ち着いて」と苦笑した。

「土屋さんは、いま進めているプロジェクトにかかわっている人なんだよ。ほら、前に大型イベントを企画してるって話をしただろ?」

「大型イベント……。ブライダルフェアのことですか?」

「そう。その運営を担当してくれることになったのが、こちらにいるイベント会社の土屋円香《まどか》さん。それにしてもまさか、こんなところでお会いするとは……」

要の言葉を受けて、土屋氏も「びっくりですよね」と答える。

「土屋さん、いまはもしかしてお仕事の最中とか?」

「今日は私もプライベートで来てるんですよ。連れはちょっとお手洗いに行ってて」

紗良のほうに視線を向けた彼女は、申しわけなさそうに眉を下げる。

「見たことのある人がいるなぁって思ったから、つい声をかけちゃいました。お楽しみのところを邪魔してしまってすみません」

「いえいえ、お気になさらず」

「あ、彼が戻ってきました。それじゃ」

土屋氏は会釈《えしやく》をすると、紗良たちのもとから離れていった。ホールに入ってきた同年代と思《おぼ》しき男性のほうへと駆け寄っていく。「彼」と呼んだということは、恋人か何かだろうか。会話の距離感が近く、親密な関係であることがうかがえる。

ホールから出ていくふたりの姿を見送った紗良は、ふうっと息を吐いた。

「あの方が、来年のブライダルフェアを担当してくださるんですね」

「うん。そして来週、猫番館に宿泊されるお客様にもなる予定」

「えっ？」

思わぬ言葉に、紗良はぱちくりと瞬《まばた》いた。フェアの担当者がなぜ宿泊を？

「猫番館がどういうホテルなのかを詳しく知りたいから、お客として泊まって、実際にその気分を味わっておきたいそうだよ。フェアは宿泊を含めたプランになるし」

「なるほど。お客様の目線に立って、お仕事をしたいということですね」

「たしか二名様でご予約されてたと思うんだけど、もうお一方はさっきの男性かな？」

「ご夫君か、恋人の方でしょうか」

「そうかもね。仲よさそうだったし。指輪はつけてなかったから、結婚はしてないかも」

話を切り上げた要が、腕時計に目を落とした。

「そろそろショーがはじまるな。席を確保しないと」

「あ、もうそんな時間ですか」

「ショーが終わったら、もう一度クラゲを見てもいいかな」

「ふふ、もちろんですよ。ゆっくりながめて癒されましょう」

そんな会話をかわしながら、紗良と要はショーが行われる会場に向かったのだった。


「水族館、楽しかったねー」

馴染《なじ》みの焼き肉店で夕食をとりながら、円香は向かいの席でハラミを頬張る羽田修司《はねだしゅうじ》に笑いかけた。グラスを手にとり、残っていたウーロン茶を一気に飲み干す。

「たまには初心にかえって、ああいう定番のデートスポットに行くのもいいよね。逆に新鮮だし、季節的にもぴったり。修ちゃんも楽しかったでしょ？」

「ああ。新鮮で美味そうだったな」

「そういう意味じゃないってば。イルカやペンギンはどうなのよ」

「そっちは可愛《かわい》かったよ。水槽の魚が美味しそうだなぁと」

「なにそれ。あいかわらずロマンチックとは無縁なんだから」

とり分けたキャベツサラダを食べながら、円香は「まったくもう」と苦笑した。

映画やドラマでささやかれるような甘い言葉に、ムードのある洒落《しゃれ》た演出。

そして円香がひそかにあこがれている、紳士的なエスコート。

俳優でもない修司に求めるようなことではないと、重々承知はしている。しかしふとした瞬間に、もしかしたらと期待してしまうのが、女心というもの。

「修ちゃん、お酒の追加は？」

「んー、次も生ビールにするかな」

「すみませーん。生ビールとウーロン茶を」

近くを通りかかった店員に注文すると、修司が不思議そうに首をかしげた。

「円香、さっきからウーロン茶しか飲んでないじゃん。肉もほとんど食べてないし、具合でも悪いのか？」

気遣うように顔をのぞきこまれ、円香はあわてて「ちがうちがう」と否定する。

「体調は問題ないんだけどね。ちょっとその、体重が……」

「そんなに太ったようには見えないけどなあ」

「でもね、ゆうべ体重計に乗ったら、三キロも増えてたのよ！」

ふっくらした頰を両手で包みこんだ円香は、昨夜の悪夢を思い出して恐れおののく。

「暑くてアイスばっかり食べてたのが悪かったんだわ。これから秋になると、さらに美味しいものが増えるでしょ。いまのうちにダイエットしなきゃ」

「ふーん。けどさぁ」

金網の上に置いたカルビをトングでひっくり返しながら、修司はさらりと続けた。

「俺は円香が美味そうにものを食べるところ、すごく好きなんだけどな」

「修ちゃん……」

「体型だって、痩《や》せてるよりは太めのほうが好みだし。いまくらいがちょうどいい」

にかっと笑った修司は、ほどよく焼けた肉をトングでつかむと、円香の取り皿の上に置いた。炭火で焼いた牛肉が、「さあ食べろ」とばかりに誘惑してくる。

「ほんとは食べたいんだろ？　我慢は体に毒だぞ」

「うう……」

「焼き肉屋も久しぶりだって言ってたじゃん。せっかく来たんだし、美味そうに食べる顔見せてくれよ。ダイエットは明日から！」

「——もう！　これ以上太ったら修ちゃんのせいだからね」

口では怒りつつも、円香はいそいそとカルビに箸を伸ばした。なんだかんだ言って、実はお腹がすいていたのだ。修司はそんな円香の本心を見抜いていたのだろう。

「ああ……美味しい。お肉がやわらかーい……」

「お、調子が戻ってきたな。やっぱり円香はそうでないと」

特製のタレを絡めたカルビを味わっていると、修司が満足そうな表情でうなずいた。

(修ちゃんのこういうところ、好きだなぁ)

視線の先では、修司が運ばれてきた生ビールを豪快に飲んでいる。

お洒落なレストランには縁がなく、上品なワインよりも、庶民《しょみん》的なビールが好き。

デートはいつも普段着で、最近はどちらかの家でまったりするだけ。つき合いが長いこともあるけれど、ロマンチックな雰囲気はまるでない。

それでも修司は、円香にとってなくてはならない人だった。

大学時代につき合っていた彼氏とは違って、修司は円香の体形を見下し、からかってくることはない。むしろ、いまの姿が一番好きだと言ってくれる。前の彼氏にはことあるごとに痩せろと言われ、無理なダイエットの果てに体を壊してしまった。それ以降はすっかり自信を失っていたため、修司にいまの自分を肯定してもらえたことで救われたのだ。

円香が修司と出会ったのは、いまから六年近く前のこと。

ふたつ年下の彼とは、会社の同僚がセッティングした合コンで顔を合わせた。

美人でもスタイルがいいわけでもない自分は、明らかに数合わせで呼ばれていた。そのため出会いには期待せず、料理とお酒さえ楽しめればいいと割り切っていたのだ。

だから後日、修司のほうから連絡が来たことにはおどろいた。

(最初は何かの間違いでしょって思ったくらいだし……)

ぽっちゃり好きな修司は、円香の容姿に加え、美味しそうに食事をする姿も気に入ったのだという。それから何度かデートを重ねて、交際に至った次第だ。

お互いの親には挨拶《あいさつ》ずみで、部屋の合鍵も交換している。

いまさら別れるつもりはないし、これからもずっと一緒にいたいと思っている。

大学を出て就職してから、今年で十年。収入は安定し、仕事で大きな成果を出せるようにもなった。修司もハウスメーカーの営業として立派に働いているし、そろそろ結婚を視野に入れてもいい時期ではないかと思うのだけれど……。

(そのあたり、修ちゃんはどう考えてるんだろ)

円香としては、結婚するなら修司以外はありえないし、できることなら子どももほしいと思っている。しかし、修司のほうはどうなのだろうか?

二十代のころはお互いに仕事が忙しく、結婚などまだまだ先のことだと思っていた。

のんびりかまえているうちに月日は流れ、気がつけば三十三歳。子どもを望むのであれば、あまり悠長にもしていられない。今後のことについては、近いうちに一度、じっくり話し合う必要があった。

(場合によっては、私からプロポーズしたっていいんだし!)

――だが、もし断られでもしたら立ち直れない……。

思考のループにはまってぐるぐる考えていると、修司が口を開いた。

「そういえば……。円香さ、水族館で誰かと話してなかったか？」

「え？」

「クラゲのところだったたっけ。俺がトイレから戻ったとき、若い男と話してただろ」

「あ、見てたんだ。うふふ、気になる？」

「気になるから教えろー」

むにっと頬をつままれた円香は、笑いながら答えを返す。来春のイベントを担当することになった、ホテル猫番館のコンシェルジュだと言うと、修司は目を丸くした。

「猫番館って、俺らが来週泊まる予定の？」

「うん。まさか、仕事先の人とあんなところで会うとは思わなかったわ。向こうもデートだったみたいだけどね」

「あー、言われてみれば女の子もいたような」

円香の頭の中に、本城氏と一緒にいた女性の姿が思い浮かぶ。

まだ若そうな彼女は、二十代の半ばくらいに見えた。イケメンの本城氏とお似合いの美人で、すらりとした体つきもうらやましい。彼氏との初デートを楽しむ女子高生のような雰囲気で、その初々《ういうい》しさもまぶしかった。

（猫番館の宿泊……。本城さんには仕事のリサーチのためだとは言ったけど）

円香はちらりと修司を見た。

もちろん仕事のためではあるのだが、あの夢のような洋館ホテルに、修司と泊まってみたいと思ったのもまた事実。私的な利用に経費を使うことはできなかったので、修司のぶんは自腹で負担した。仕事が最優先だと言い聞かせてはいるものの、噂《うわさ》に名高い猫番館に泊まれるのだと思うと、胸のときめきがおさえられない。

「修ちゃん、来週末はお休みとれたんだよね？」

住宅業界は土日祝日が多忙のため、休みは平日になることが多い。

「ああ、ばっちり土日の休みをもぎとってやったぞ。七、八月はトラブル続きでろくに休めなかったから、いいホテルでぐっすり寝たいよ」

「大変だったねえ。お疲れ様」

宿泊予定は一泊二日。円香も修司も横浜《よこはま》市内に住んでいるため、観光はしない。自分は仕事があるけれど、修司には館内でゆっくり過ごしてもらおう。男性目線の感想を教えてもらえば、リサーチの参考にもなる。

「でも、意外だったなー」

替えてもらった金網に牛脂《ぎゅうし》を塗りながら、円香は続けた。

「ああいうロマンチックなホテルって、修ちゃんは興味ないだろうなって思ったから。でも、案外楽しみにしてるよね」

「いやその……ロマンはよくわからんけど、古い建築物はけっこう好きだぞ。それに遠出して疲れるよりは、近場のホテルでのんびりするほうが癒されるだろ。なんていうか、余裕のある大人の楽しみ方って感じで」

「ふうん。修ちゃんもそう思えるくらいに大人になったってわけね」

「あたりまえだろ。俺だってもう三十過ぎだぞ？」

年齢を強調しているわりに、えらそうにふんぞり返る姿は子どもっぽい。そのギャップをおかしく思いながら、円香は口元に笑みを浮かべる。

何はともあれ、久しぶりのプチ旅行だ。思い出に残る二日間になればいい。

そんなことを願いながら、円香はふたたび牛肉を焼きはじめた。


そして翌週、ついに待ちわびていた日がやって来た。

「円香、もうすぐ着くよ」

「えっ」

修司に声をかけられて、助手席でうとうとしていた円香の意識が覚醒する。

窓の外に目をやると、視界に入ったのは見覚えのある公園。スタジアムがある横浜公園だろう。寝ている間に関内《かんない》まで来ていたらしい。

「よく寝てたなあ。もしかして寝不足？」

「んー……。実はここ何日か、後輩が担当してるイベントの件でトラブルが続いてるんだよね。そのぶん仕事が増えたから、残業とかも多くなって……」

「おいおい、大丈夫かよ？」

「うん、平気平気。心配かけてごめんね」

言いながら、円香はあくびを噛み殺す。二十代ならまだしも、この年齢だと徹夜は大きなダメージとなって体に蓄積してしまうようだ。

ぼんやりしているうちに、修司が運転するSUVはホテル猫番館に到着した。

赤茶色のレンガでつくられた外壁に、紺《こん》色の寄棟《よせむね》屋根。大正時代の末期に建てられたという重厚な西洋館は、かつての華やかな時代の名残《なごり》を現代に伝えている。

修司は開け放たれた大きな門を通過して、宿泊者用の駐車場で車を停めた。土曜日ということもあり、駐車場には何台かの車が停まっている。ナンバープレートをざっと確認した限りでは、遠方と近場の半々くらいだ。

修司の車の隣には、多摩《たま》ナンバーのコンパクトカーが停められていた。ちらりと見た後部座席にはチャイルドシートがとりつけてあったので、乳幼児がいるのだろう。

「じゃあ行くか」

「うん」

駐車場をあとにした円香たちは、車寄せがついた正面玄関に向かった。

ブライダルフェアの打ち合わせで、ホテルには一度、来館したことがある。そのときは日帰りだったので、宿泊するのははじめてだ。

ギイ……。

エントランスの扉を開けると、まず目を引くのは、中央の階段と踊り場だ。

静謐《せいひつ》な雰囲気をただよわせている、吹き抜けのロビー。赤と青の薔薇をモチーフにしたステンドグラスが魅力的な、光きらめく踊り場。階段の手すりやフロントのカウンターはあたたかみのある木でつくられており、ワインレッドの絨毯《じゅうたん》が敷かれていた。

ロビーに置かれたテーブルとソファは、愛らしい猫足のアンティーク。見上げた天井で存在感を放つ豪華なシャンデリアも、格調高いこの空間に美しく調和している。足を踏み入れたとたんに、映画の世界に迷いこんだかのような感覚になった。

(やっぱり素敵……!)

フロントに行くと、カウンターの上にはオレンジ色のダリアを基調にしたフラワーアレンジメントが飾られていた。オッドアイの優美な白猫とともに、コンシェルジュの本城氏が微笑みながら出迎えてくれる。

「土屋様に羽田様、いらっしゃいませ。ホテル猫番館へようこそ」

前髪を上げて眼鏡をかけ、きちんとしたスーツに身を包んだ彼は、水族館で会ったときとは印象がまるで違っていた。

プライベートでは服装や髪型も含めて、年相応のさわやかな青年に見えたが、いまは頭のてっぺんから爪先《つまさき》までもが「コンシェルジュ」という感じがする。自分がホテルの従業員であることを、常に意識しているのだろう。みごとな公私の切り替えだ。

チェックインのあとは、ベルスタッフの女性に案内されて、二階のツインルームに通される。廊下側のベッドに腰を下ろした円香は、ほうっと安堵《あんど》の息をついた。

「客室ってこんな感じなのね。このベッド、ふっかふか！」

「ほんとだ。これは相当いいスプリングを使ってると思う……」

窓側のベッドにあおむけになった修司は、気持ちよさそうに目を閉じる。客室は思っていたより狭かったが、このベッドは素晴らしい。今夜はいい夢が見られそうだ。

「夕食までまだ時間があるけど、館内でも探検してみる？」

「うーん……。運転して疲れたし、ちょっと寝るよ」

「私も免許あるから、途中で代わればよかったね。のん気に寝ちゃってごめん」

「気にするな。俺の場合は気疲れっていうか緊張っていうか……いや別に」

何やらモゴモゴ言っているが、疲れているなら眠らせてあげよう。

「円香はどこを見て回るんだ？」

「まずは館内。それから外に出ようかな。仕事のために薔薇園は見ておかないと」

「わかった。一時間くらい寝たいから、その間はひとりにしておいてもらえると助かる」

うなずいた円香は、修司を残して館内の見学に出かけることにした。ポシェットにスマホと財布、メモ帳とペンを入れ、案内図つきのリーフレットを手にして客室を出る。

（ブライダルフェアかー……）

来年の五月に開催される、ホテル猫番館の一大イベント。上司から担当者として指名されたときは、結婚に焦りはじめた女としては複雑な気分になったが、仕事に私情を持ちこむべきではないと思い直した。引き受けた以上は、責任をもって成功させなければ。

階段を下りかけていた円香は、踊り場で立ち止まった。

薔薇のステンドグラスを通して、日の光が入りこんでいる。色とりどりの光をふりまく踊り場は、夢の世界にいるかのように美しい。

教会に通じる神聖さも感じるし、なんといっても館内で一番、写真映えする場所だと思う。ウェディングドレスやカラードレスの試着コーナーを設けて、踊り場で記念撮影ができれば、ゲストの女性はきっとよろこんでくれるだろう。当日は貸し切りだから、無関係のお客に迷惑をかけることもない。

（いい！　素敵！　本城さんに提案してみよ）

メモ帳とペンをとり出した円香は、さっそくアイデアを書き留めた。

その後はしばらく館内を見学してから、外に出る。

猫番館の敷地内には、四季折々の草花が植えられたイングリッシュガーデンと、春と秋にみごとな花を咲かせるローズガーデンがあり、ホテルの目玉になっていた。本城氏がブライダルフェアのメイン会場として考えているのは、後者のほうだ。

薔薇園で開かれる華やかなガーデンパーティー。想像しただけで心が躍る。

秋の薔薇が咲くにはまだはやいが、せっかくだから下見に行ってみよう。

（えーと……。ローズガーデンにはどう行けばいいのかな）

リーフレットを開いた円香は、目的地の位置を確認してから歩き出した。

エントランスから裏に回り、ローズガーデンをめざして進んでいたときだった。少し離れたところを歩いている女性の姿が視界に入る。

ボーダー柄の服に黒パンツ、黒いエプロンをつけたその人は、包装紙とリボンできれいにラッピングされた大きな花束をかかえていた。正確な数はわからないが、四、五十本くらいはありそうな、ボリュームのある赤い薔薇の花束だ。

「すごーい……」

服装からして、女性はおそらく生花店のスタッフなのだろう。配達時間が遅れでもしたのか、焦ったような表情をしている。早足でホテルに近づいていった彼女は、裏口と思しきドアから中に入っていった。

あれは館内に飾る花だろうか。それとも宿泊客の注文品？

プレゼントだとしたら、あのように豪華な花束をもらえる人がうらやましい。

円香がこれまでもらった花束といえば、高校の卒業式で、部活の後輩からミニブーケを贈られたことがあるくらい。イベント運営の仕事で花束を手配することはあっても、贈られる側にはとんと縁がないようだ。

(まあそれも人生……)

苦笑した円香は、ローズガーデンに足を踏み入れた。予想していた通り、薔薇はまだ咲いていない。来月になれば多くの人でにぎわうだろうが、いまは閑散としている。

――とりあえず、今日は西洋風東屋《ガゼボ》を見てみよう。

ガゼボとは、西洋風の庭園や公園、広場などに設置された小さな建造物のこと。

基本的には屋根と柱のみで構成されており、壁はない。用途は雨やどりをしたり、日差しを逃れてひと息ついたり。テーブルやベンチが置かれたタイプもあって、人々の憩《いこ》いの場として使われている。

欧米では古くから、ガゼボの下で結婚を誓うと、一生住むところに困らないという言い伝えがあるそうだ。そのためガーデンウェディングができる式場には、趣向を凝《こ》らした可愛らしいガゼボが置いてあることが多い。

リーフレットに掲載されている猫番館のガゼボは、金属製のドーム型屋根に、細かい彫刻がほどこされた柱が特徴的だった。雨をしのげる屋根ではないが、芸術的な装飾が美しい。蔓薔薇《つる》が巻きついているようなので、開花すればさらに見栄えがするだろう。

ブライダルフェアの模擬挙式は、このガゼボの下で行う予定だ。

(ああ、想像するだけで気持ちが華やぐ……!)

うっとり夢想していると、どこからか女性の歌声が聞こえてきた。

もしや、ガゼボに住まう妖精では————いやいや、そんなわけがない。

我に返ってよく聞けば、歌は馴染みのある童謡だった。蝶々《ちょうちょう》が出てくるあれだ。春っぽい歌だから季節は違うのだが、楽しそうに歌っている。

ややあって、奥のほうから大小ふたつの人影が近づいてきた。

仲よく手をつないだ、おそらくは親子なのだろう。小柄な母親はまだ若く、二十八、九くらいに見える。よちよちしつつも一生懸命歩いている女の子は、一歳かそこらだ。袖口《そで》にフリルがついた、花柄のワンピースが愛らしい。

（うわぁ、可愛い――っ）

女の子は目元や鼻の形が、母親とよく似ていた。やわらかそうな髪は肩のあたりでそろえられていて、歩くたびに毛先がふわふわと揺れている。

表情をとろかせている円香の前で、親子が立ち止まった。母親がにっこり笑う。

「こんにちは」

「こんにちは……。可愛いお嬢さんですねえ。おいくつですか？」

「一歳です。歩けるようになったら、お散歩が大好きになって」

円香と目が合うと、女の子は恥ずかしそうにうつむいた。母親が穿《は》いているガウチョパンツの裾《すそ》をつかみ、うしろに隠れてしまう。

「あらら、知らない人が怖いのかな？」

「すみません。この子、人見知りしやすくて」

「いえいえ、ここは人も少ないし、お散歩するにはちょうどいいですよね」

「ええ。野良猫《のら》もいますよ。人なつこくて可愛いです」

話を聞くと、彼女たちは家族三人で泊まりに来ており、さきほどチェックインしたそうだ。駐車場で見たチャイルドシート搭載の車は、この家族が乗ってきたのだろう。

「本当は八月中に来たかったんですけど、あいにく満室だったんです。それでも一度は泊まってみたくて、この日に予約したんですよ。土日は仕事が休みなので」

彼女が嬉しそうに言ったとき、ふいに女の子が声をあげた。

「パー！　パー！」

「そういえば、パパ遅いねー。お店が混んでるのかな？」

（お店……？）

円香の視線に気づいた彼女が、こちらの疑問を察して答えてくれる。

「夫はいま、喫茶室に行ってるんですよ。カレーパンを買いに」

「カレーパン？　ああ、このホテル、喫茶室でパンを売ってましたね」

「先週、横浜に住んでる友人からもらったんです。それがものすごく美味しくて！　わたしがこれまで食べたことのあるカレーパンの中でもかなりの上位です。だから今日、猫番館に着いたら絶対に買おうって決めてたんですよ」

彼女は目を輝かせて力説する。よほど気に入ったらしい。

「夫が戻ってきたら、ガゼボの中で食べようかと。今日は風もあって涼しいですし」

「いいですねえ」

円香が微笑んだとき、女の子がぐずりはじめた。

「あーちゃん、どうしたの。疲れちゃった?」

彼女が娘を抱き上げた。優しく声をかけてあやす姿は、深い慈愛にあふれている。

何気ないのに幸せそうな、親子のひととき。自分もいつか子どもを産めば、彼女のように、幸福に満ちた表情を浮かべることができるのだろうか。

(いや、その前に結婚か……)

現実に引き戻されたとたん、なんだか頭が重たくなってきた。目の奥も鈍く痛む。

「あ、引き止めてしまってすみません。お庭を見学されるんですよね?」

「え?　ああ、そうですね。それじゃ……」

彼女に会釈をしてから、前に足を踏み出そうとしたときだった。

頭からすうっと、血の気が引いた。同時に足の力が抜けてしまい、たまらずその場に崩れ落ちる。とっさに地面に手をつくと、今度は視界も暗くなってきた。端のほうから黒い何かに浸食されていく。

「どうしました。大丈夫ですか!?」

遠くから彼女の声が聞こえる。返事をしようにも、声が出ない。

あらがえずにまぶたを閉じると、円香の意識は急速に遠のいていった。


目を覚ましてまず飛びこんできたのは、薄暗い部屋の見慣れない天井だった。

（あれ……？）

円香はまだはっきりとしない頭で、ここはどこなのかを考える。

目だけを動かして周囲を見ると、答えはすぐに出た。昼間にチェックインをした、猫番館の客室だ。すでに夜になっているらしく、窓のカーテンが閉められている。間接照明のやわらかい光が、室内をぼんやりと照らしていた。

（えーと……。私、どうなったんだっけ）

記憶をたぐり寄せているうちに、少しずつ思い出してきた。

ローズガーデンで意識を失った円香は、近くの病院に救急搬送された。

診断は、過労と寝不足による脳貧血。幸い入院の必要はなく、点滴を打ってもらってから、修司と一緒にタクシーでホテルに帰ってきたのだ。この部屋に戻ってきたのは十八時過ぎで、夕食まで横になろうとベッドに入ったはずだけれど……。

枕元に置いてあったスマホを確認して、目を見開く。時刻は二十二時十五分になっていた。少しだけのつもりが、四時間も眠っていたのか。

(どうりでお腹がすいてるはずだわ)

胃のあたりを押さえながら、円香はゆっくりと上半身を起こした。

窓辺に目をやると、修司が肘《ひじ》掛けつきの椅子《いす》に座ったまま、うたた寝をしている。ベッドから下りて椅子に近づいた円香は、彼の肩をそっと揺すった。

「修ちゃん、こんなところで寝たらダメだよ。ベッドに入って」

「んー……」

億劫《おっくう》そうに目を開けた修司は、何度か瞬きしてから顔を上げた。

「あ、円香。体調はどうだ?」

「ぐっすり寝たら、だいぶ楽になったよ。やっぱり寝不足がよくなかったみたい」

「それならよかった」

修司はほっとしたように笑うと、その場で大きく伸びをする。

「明日チェックアウトしたら、まっすぐ家に帰ろう。それで月曜になっても調子が戻らなかったら、無理をせず会社を休む。いいな?」

「わかった」

「そういえば、救急車を呼んでくれたご夫婦。心配してこの部屋まで来てくれたぞ」

「え、ほんとに？」

「状況は説明しておいた。円香も明日、チェックアウトの前にお礼を言えよ」

修司の話では、円香が倒れたすぐあとに、パンを買っていたという例の夫が戻ってきたらしい。その人が救急車を要請し、奥さんが修司とホテルのスタッフに、何が起こったのかを説明してくれたのだという。

「ああ……。せっかくの家族旅行だったのに、迷惑かけちゃった」

がっくりとうなだれると、修司が椅子から立ち上がった。落ちこむ円香をなぐさめるように、ぎゅっと手を握ってくれる。

「円香が倒れたって聞いたとき、俺、みっともなくうろたえちゃってさ。奥さんが落ち着かせてくれたんだ。旦那《だんな》さんもはげましてくれたし、すごくいい人たちだったよ」

修司がにこりと笑ったとき、彼のお腹から大きな音が聞こえてきた。

目をぱちくりとさせた円香は、「もしかして」とつぶやく。

「修ちゃん、夕食は？　まさか食べてないの？」

「ああ。夕食の時間になったときに、円香に声はかけたんだよ。でもぜんぜん起きる気配がなくてさ。だからホテルの人には申しわけないけど、キャンセルさせてもらった」

「ええっ、もったいない！　修ちゃんだけでも食べてくればよかったのに」

「そういうわけにはいかないだろ」

　肩をすくめた修司は、円香と目を合わせて続ける。

「俺は円香と一緒に食事がしたかったんだ。いつもみたいに、円香が美味そうに食べてるところを、目の前で見たかったんだよ」

「修ちゃん……」

「それにさ、円香が貧血で休んでるっていうのに、俺だけ美味いものを食べる気にもなれなくて。ふたりで泊まりに来たなら、食事のときも一緒がいいだろ」

「うん……。そうだね」

「――とカッコつけてはみたけど、やっぱり夕食抜きで朝まではきついか」

　修司はせつなそうな表情でお腹をさする。

「コンビニで弁当でも買ってくるかな。車もあるし」

「お弁当かぁ……」

　円香はうーんとうなった。食べそこねてしまった豪華なフランス料理が頭に浮かぶ。

「贅沢《ぜいたく》言える立場じゃないけど、この素敵な部屋にお弁当は合わない気がする。ちょっと高いけどルームサービスにしない？」

「それでもいいけど……。あ、ダメだ。この時間は飲み物しか頼めないぞ」

ルームサービスのメニューを開いた修司が、注意事項が書かれた箇所を指先で示す。

「うう、残念」

「決まりだな。コンビニ行ってくる」

修司は財布と車のキー、そしてルームキーを手にすると、客室から出ていった。

(せっかくのホテルなのにお弁当かー……。いや、お弁当が悪いわけじゃないんだけど)

ため息をついた円香は、ベッドのふちに腰を下ろした。

何気なく視線を動かしたとき、クローゼットの扉が少しだけ開いていることに気がついた。客室に入ったばかりのころは閉まっていたし、自分は使った覚えがないから、修司が上着でもかけたのだろうか。

(ん？　でも修ちゃん、今日はTシャツ一枚だったよね？)

なんとなく気になって、円香はクローゼットに近づいた。

扉を開けると、ハンガーにはダークグレーのスーツが一式かかっていた。修司が持っているスーツの中で、もっとも高価なブランドものだ。大事な商談があるときや、気合いを入れたいときに着るのだとはりきっていた。

それがなぜこんなところに……。

修司の荷物は小型のショルダーバッグがひとつだけで、このようなスーツをしまう余裕はなかった。おそらく車のうしろに隠しておいて、円香が館内を見学している間に運び入れたのだろう。よく見れば、下のほうには磨きこまれた革靴も置いてある。

夕食のときに正装しようとしたのだろうか？　フランス料理とはいえ服装の指定はないし、普段着でも問題ないと思うのだが……。

首をかしげて考えていたとき、ドアのほうから鍵を開ける音がした。

「ただいまー。実はさっき、フロントで……」

思っていたよりはやく帰ってきた修司は、開け放たれたクローゼットの前に立つ円香を見るなり、「うわっ」と声をあげた。あからさまにうろたえている。

「ねえ修ちゃん、なんでスーツなんて持ってきたの？」

「そ、それは……」

修司の目が泳いでいる。明らかにあやしい。何かたくらんでいたのだろうか。

「夕食のときに着るつもりだったとか？　こんなにビシッと決めなくても大丈夫でしょ」

「いや、だからその。男には気合いを入れなければならないときがあってだな」

「ご飯を食べるのに気合いを入れるの？　ドレスコードがあるわけでもないんだし、そんなにおおごとにしなくても――」

「おおごとだろ！　一世一代のプロポーズだぞ！」

その言葉が室内に響いた瞬間、円香の思考が停止した。

――え？

「あっ！」

修司はしまったとばかりに口を押さえたが、いまさら遅い。なんともいえない沈黙のあと、我に返った円香は、「えええ――っ」と声をあげた。

「プロポーズって、修ちゃん。今日、私に結婚を申しこむつもりだったの⁉」

「そうだよ！　その予定で前から準備してたんだ」

もう隠す気はないのか、修司は顔を赤らめながらも認めた。だから気合いを入れるために、とっておきのスーツを持ってきていたのか……。

「そのときに渡す薔薇の花束も、ホテルの人に頼んで用意してもらって」

「薔薇の花束？」

頭の中に、昼間に見た光景が思い浮かぶ。生花店のスタッフが急いで運んでいた、みごとな赤い薔薇の花束。あれは修司が注文したものだったのか！

「――赤薔薇の花言葉は、愛情、そして情熱」

ふいに割りこんできた第三者の声に、円香はおどろいて視線を向ける。

「今回ご用意させていただきましたのは、四十本。これは『真実の愛』を意味します。求婚の贈り物にふさわしいお品かと」

「本城さん！」

「羽田様のご依頼で、ルームサービスをお届けに上がりました」

修司の背後に立っていたのは、コンシェルジュの彼だった。円香と目が合うと、上品に微笑む。どうやら一部始終を聞かれてしまったらしい。

（は、恥ずかしい……！）

「失礼いたします」

客室に入ってきた本城氏は、窓辺のテーブルに注文品を置くと、何事もなかったかのようにに去っていった。何が起ころうとも動じない、まさにプロの鑑《かがみ》である。

「とりあえず、冷めないうちに食べよう。腹減っただろ？」

円香と修司は、向かい合って椅子に腰を下ろした。

「フロントの前を通ったら、本城さんに声をかけられてさ。事情を話したら、夕食の余りを出してくれることになったんだ。しかも、残り物だから代金はいらないって」

テーブルの上には、フランスパンを盛りつけたカゴと、ふたり分のスープ皿が置かれていた。丸みのあるスプーンとテーブルナプキンも、しっかりセットされている。

スープ皿の中で湯気を立てているのは、赤みを帯びた黄色のポタージュ。スライスアーモンドが飾られていて、ほのかに甘い香りを放っている。

「これ、カボチャかな？」

「たぶんな」

「秋の味覚って感じでいいね」

そしてカゴの中に入っているのは、麦の穂のような形をしたフランスパンの一種、エピだった。独特の形は、バゲット生地にハサミで大胆《だいたん》に切りこみを入れていくことでつくられるという。猫番館のそれはベーコンを巻きこんで、こんがりと焼き上がっていた。

「パンが残ってたなんて嬉しい！」

「このホテルのパン、美味いらしいな。自家製で」

「そうなの！　お料理はもちろんだけど、実はパンも楽しみにしてたのよ」

「円香、フランスパンが好きだもんなぁ」

ベーコンエピはトースターでリベイクしたのか、ぬくもりが残っていた。

ちぎって鼻先に近づけてみると、豊かな小麦と、食欲をそそるベーコンの香りが鼻腔《びこう》をくすぐる。表皮はフランスパン特有のカリッとした歯ごたえで、塩気がきいたベーコンの旨味が染みこんだ中身も、噛みしめるごとに美味しさが広がっていく。

「ああもう、最高……！」

大好きなフランスパンとあたたかいポタージュが、空腹を優しく満たし、体の中で活力へと変わっていく。コース料理が食べられなかったことは残念だったが、パンとスープだけでも味わえたことが嬉しい。

ベーコンエピをぺろりと完食すると、修司が満足そうに言った。

「それだけ食べられるなら、もう大丈夫だな」

「心配かけてごめんね」

「気にするな。元気なときもそうじゃないときも、俺は円香のそばにいるから」

ストレートな言葉がくすぐったくて、胸が熱くなってくる。そういえば、勢いまかせとはいえ、自分は彼からプロポーズをされたのだった。

「私、修ちゃんがこんなにロマンチストだとは思わなかった」

「元からってわけじゃないけどな。でも今回は、できるだけロマンチックにしたくて」

修司が照れくさそうにそっぽを向く。

「円香が猫番館に泊まりたいって言ったとき、決めたんだ。洒落たホテルに泊まって、フランス料理を食べてさ。盛り上がったところで花束を渡して、プロポーズをする。ベタかもしれないけど、一生の思い出になるだろ」

「修ちゃん……」

「円香、そういうの好きそうだったからさ。よろこんでくれるかと思って」

（わたしの好みに合わせて、いろいろ考えてくれたんだ……）

自分のためにそこまでしてくれる人は、きっと世界にひとりだけ。かけがえのない恋人を愛《いと》おしく思う気持ちで、胸がいっぱいになる。

「――それはそうと、円香さん？」

「え？」

「俺、さっきから待ってるんだけどな。プロポーズの返事」

言われてみれば、まだ返事をしていなかった。答えなど決まっているし、修司も断られるはずがないことは確信しているのだろう。だったら……。

「ひとつだけお願いがあるの。明日、もう一回プロポーズしてもらえないかな」

「もう一回？」

「薔薇の花束、まだもらってないから。本番は、ガゼボの下で。そのときに返事をする」

これ以上を望むなんて、わがままなことだろう。でも、一生に一度の思い出だから。

緊張しながら待っていると、修司はにやりと笑って「望むところだ」と言った。

「明日はとっておきのスーツで、ばっちり決めてやるよ。絶対に惚《ほ》れ直すぞ」

Tea Time

四杯目

わたしはたびたび、思うのです。

日本の四季は美しい。けれどもここ数年は、夏と冬が幅を利かせすぎではないのかと。

カレンダーは九月になったというのに、厳しい残暑が続いています。

昼間はいまだに冷房が必要ですが、さすがに中旬ともなると、朝晩は涼しく感じられる日も増えてきました。夏の終わりを告げるような、せつないヒグラシの鳴き声も、次第に聞こえなくなっていくのでしょう。

秋風が吹くのはまだ少し先ですが、季節はゆっくりと、確実に移ろっていきます。

そんな九月のある日のこと——

「おや、こんなところに満月が。風流ですねえ」

フロントのそばにある、お気に入りの椅子《いす》。わたしがその上でくつろいでいたとき、カウンターの前に立った支配人が言いました。

「さっき、花屋さんが届けてくれたんですよ。お月見をイメージしているそうです」

答えたのは、フロントで仕事をしていた要《かなめ》です。

「まだ暑い日が続いてますけど、こういう形で季節を感じられるのはいいですよね」

ふたりの視線を集めているのは、カウンターの上に飾られた、華やかなフラワーアレンジメント。お客様の目を楽しませるため、定期的に新しいものを注文しているのです。

今回のアレンジメントの主役は、ピンポンマム。

丸くて黄色い花は、まさに満月のよう。そこにススキやリンドウ、ガーベラといった草花を加え、秋らしく仕上がっています。小さなうさぎのピックもささっていて、お花のまわりを跳ね回るような演出が可愛《かわい》らしいですね。

「なんだかお団子が食べたくなってきてしまいましたよ」

「休憩室にありますよ。誰かのお土産《みやげ》だったような。支配人のぶんも残っているかと」

「おお、それは楽しみですね」

のんびりとした会話を微笑《ほほえ》ましく思いながら、わたしは軽やかに椅子から飛び下りました。ロビーを離れて外に出ると、散歩がてらローズガーデンに向かいます。

一年を通して何かしらの花が見られるイングリッシュガーデンとは違って、ローズガーデンの花が咲く季節は限られています。秋の薔薇《ばら》が見頃になるのは来月なので、ひと気はあまりありません。いまは主に、野良《のら》猫たちの憩《いこ》いの場になっています。

ローズガーデンの中には、ガゼボという東屋《あずまや》があります。

猫番館《ねこばんかん》のそれは、雨風をしのげるようなつくりではないものの、お庭をながめながら優雅なひとときを過ごせる場所です。今日はそちらでくつろぐつもりだったのですが、あいにくガゼボの中には先客がいました。

ベンチに腰かけていたのは、人間の男性。三十代の半ばくらいに見える彼は、膝《ひざ》の上に愛らしい女の子を座らせていました。おそらく父親なのでしょう。ピンク色のヘアゴムを使い、前髪をちょこんと結んであげています。

「よし、できた。可愛くなったぞ」

褒められたことがわかったのか、女の子がきゃっきゃと笑い声をあげました。

そんな心あたたまる光景を、ほのぼのとした気分で見守っていたとき――

「大樹《だいき》さーん！」

ガゼボに駆け寄ってきたのは、髪を高い位置でひとつに結んだ女性でした。

女の子の母親でしょうか。いそいそと男性の隣に座った彼女は、手にしていた袋の中から、専用の包装紙につつまれたカレーパンをとり出しました。パン職人の紗良《さら》さんが長い時間をかけて開発した、期待の新商品です。

「開店直後だから、たくさんありましたよ。一番に買っちゃった」

「これ、昨日は売り切れで買えなかったんだよな。時間が遅かったから」

「やっぱり人気なんですねえ」

包み紙からカレーパンを出した彼らは、豪快にかぶりつきました。パン生地の中に閉じこめられた、刺激的なスパイスの香りが広がります。

「ああ……やっぱり美味《お》しい！　このフィリングも絶妙なんですよ。まろやかなのにほどよい辛さで。揚げたてだから、パン生地もサクサクで最高……！」

「碧《あおい》は昔からカレーが好きだよなぁ」

目を輝かせながらカレーパンを頬張《ほおば》る彼女を、旦那《だんな》様と思《おぼ》しき彼が、優しい表情で見つめています。膝の上の女の子も、両親の笑顔が嬉《うれ》しいのか、楽しげな声をあげました。

「ここはいいホテルだな。部屋も料理もよかったし、また予約をして泊まろうか」

「賛成！　次は二泊くらいしたいな。喫茶室のビーフカレーも食べたいし」

「やっぱりそこにも目をつけたか。ほんと、あいかわらずだよな」

カレーパンを食べ終えると、ガゼボを出た彼らは、手をつないで歩きはじめました。

あの家族はきっと、また猫番館に泊まりに来てくださるのでしょう。新たなファンを得たことを嬉しく思いながら、わたしは去っていく彼らを静かに見送りました。

Check Out

ことの終わり

お彼岸も過ぎ、一日ごとに秋の気配が近づきつつある九月の終わり――

ベッドの上で毛布にくるまり、ガタガタと震えていると、ふいに甲高《かんだか》い電子音が聞こえてきた。紗良《さら》は脇に挟んでいた体温計を引き抜いて、枕元に立つ小夏《こなつ》に渡す。

「三十七度八分。うん、発熱してるね」

「うう……。さっきから震えが止まりません」

「ということは、まだ熱が上がりそうだねえ。布団、もっとかける？」

「お願いします……。クローゼットの中に入っていますので」

布団収納袋を開けた小夏は、冬用のそれを引っぱり出して、震える紗良の上にかけてくれた。そのぬくもりで、ほんの少しだけ悪寒《おかん》がやわらいだような気がする。

「季節の変わり目だからね。こういう時期って、体調崩しやすいし。天宮《あまみや》さんには伝えてあるから、今日はゆっくり休みなよ」

「ご迷惑をおかけしてすみません……」

「紗良ちゃん、病欠は今日がはじめてなんでしょ？　猫番館《ねこばんかん》に来てから、もう一年半くらいたつよね。たまにはこういうこともあるって」

気落ちする紗良をなぐさめるように、小夏は明るく笑った。

「天宮さんも別に、怒ってなんかなかったよ。パンは冷凍生地のストックがあるし、今日はそれを使うみたい。厨房《ちゅうぼう》は大丈夫だから、栄養とってしっかり体調をととのえるようにとのお達しよ」

「了解しました……」

「おっと、私もそろそろ出勤しないと」

時間を確認した小夏は、紗良の枕元にスポーツドリンクのペットボトルを置いた。さらに冷却ジェルシートも一枚置く。

「つらくても、水分はこまめにとってね。シートは熱が上がり切ったら使って」

「ありがとうございます……」

「今日は要《かなめ》さんが公休日だから、寮にいてくれるって。紗良ちゃんが熱出してることは伝えてあるし、何かあったら遠慮なく頼りなよ。あと、部屋の鍵は開けたままにしておいてね。知らない間に悪化でもしたら大変だし、要さんなら信用できるでしょ？」

「はい……」

「よろしい。じゃ、お大事にね」

小夏が部屋を出ていくと、紗良は布団の中に頭までもぐりこみ、体を丸めた。

とにかくいまは体温を上げて、ウイルスだか細菌だかと戦わなくてはならない。熱を出したのは数年ぶりだが、こんなにしんどかったのかとおどろく。喉《のど》の痛みや鼻づまりはないけれど、悪寒がひどいし頭も痛い。

(体調には気をつけていたはずなのに)

夜中に新作パンを考えていたとき、テーブルに突っ伏して眠ってしまったのが悪かったのだろうか。それともシャワー後、髪を乾かす時間が遅れたから？　思い返せば原因になりそうなことはたくさんあって、自分がいかに油断していたのかを自覚する。

――これから肌寒くなっていくし、気を引きしめないと……。

あれこれ考えているうちに、猛烈な眠気が押し寄せてきた。

あらがえずにまぶたを閉じると、意識が急速に薄れていく。深い眠りの底に落ち、どれだけの時間がたったのだろうか。沈んでいた紗良の意識を引き戻したのは、額《ひたい》に置かれたひんやりとした何かの感触だった。

(気持ちいい……)

ゆっくりと目を開くと、視界に飛びこんできたのは、見覚えのある端整な顔。

「ああ、ごめん。起こしちゃったか」

「要さん……!?」

ベッドのふちに腰かけて、紗良の額に冷却ジェルシートを貼っていたのは、ほかでもない彼だった。おどろきに目を丸くしていると、要が申しわけなさそうな顔で言う。

「勝手に入ったことはあやまるよ。でも紗良さん、ドアのところから呼びかけても気づいてくれなくてさ。具合も気になったから、失礼させてもらった」

「そ、そうでしたか……。ぐっすり寝ていたもので」

返事をしながら、紗良は自分の鼓動がはやくなっていくのを感じた。

(か……要さんがわたしの部屋に!)

寮は一階に男性、二階に女性の個室がある。二階は基本的に男子禁制だから、要が紗良の部屋に入ってきたのははじめてだ。看病のためとはいえ、室内を見られて恥ずかしい。

(うう、しかもこんな姿のときに)

熱のせいで汗をかいているし、髪はボサボサ。いまの自分は、さぞやひどい見た目に違いない。羞恥《しゅうち》のあまり、頭から布団をかぶって隠れたくなる。

「寒気はもうなさそうだね」

一方の要が気にしているのは、紗良の体調だけのようだ。

「熱は上がり切ってるのかな。ほかにつらいところはある？」

「ええと……。さっきは頭痛があったんですけど、いまは大丈夫です。吐き気とかもありませんし、熱だけですね」

「食欲はある？　もうお昼だし、薬を飲むにも何かお腹《なか》に入れておかないと」

時計を見れば、いつの間にか十二時を回っていた。とたんに空腹を覚える。そういえば今日は朝食もとっていなかった。

「食べられそうなら、何か持ってくるよ。ちょっと待ってて」

要が部屋から出ていくと、紗良は大きく息を吐き出した。むくりと起き上がり、ふらふらしながら、汗で湿った寝間着を着替える。それから手早く髪をとかし、洗面台の水でタオルを濡らして顔や首筋を拭くと、ようやくすっきりした。

ふたたび布団にもぐりこんだとき、要が戻ってきた。手にしたお盆の上で湯気を立てているのは、大きな梅干しがのったお粥《かゆ》だ。

「もしかして、要さんがつくってくださったんですか？」

「そうだよ。ネットでつくり方を検索してさ。白粥だと味気ないから、隼介《しゅんすけ》さんの自家製梅干しをひとつもらった。隼介さんにはあとで言っておくよ」

「要さん、お料理苦手なのに……。ありがとうございます」

「味見はしたから、不味《まず》くはないと思うよ」

お粥を匙《さじ》ですくった要が、顔を上げてにっこり笑った。

「食べさせてあげようか？」

「ひ、ひとりで食べられますから」

さすがにそこまでしてもらうわけにもいかず、紗良はどぎまぎしながらお粥と匙を受けとった。熱々のお粥はほどよい塩味で、梅干しの酸味がアクセントになっている。やわらかく炊《た》いたお米が、空腹を優しく満たしてくれた。

「ごちそうさまでした。美味《おい》しかったです」

「完食できたし、大丈夫そうだね。あとは薬を飲んでゆっくり休めば、熱も下がるよ」

ベッドに横になると、要が布団をかけてくれた。満腹になったからなのか、すぐに睡魔が襲ってくる。うとうとしていると、大きな手が頭に触れた。

「おやすみ」

おだやかな声が降ってくる。熱があるのに、この上なく幸せな気分になって――

「要さんのそういうところ、すごく好きです……」

素直な気持ちを告げてから、紗良は深い眠りに落ちていった。

集英社オレンジ文庫をお買い上げいただき、ありがとうございます。
ご意見・ご感想をお待ちしております。

● あて先
〒101-8050　東京都千代田区一ツ橋2-5-10
集英社オレンジ文庫編集部 気付
小湊悠貴先生

ホテルクラシカル猫番館

横浜山手のパン職人《ブーランジェール》6

集英社
オレンジ文庫

2022年6月22日　第1刷発行

著　者　小湊悠貴
発行者　北畠輝幸
発行所　株式会社集英社
〒101-8050東京都千代田区一ツ橋2-5-10
電話【編集部】03-3230-6352
【読者係】03-3230-6080
【販売部】03-3230-6393（書店専用）
印刷所　凸版印刷株式会社

ISBN 978-4-08-680454-7 C0193